アンソロジー　料理をつくる人

西條奈加・千早　茜・深緑野分・
秋永真琴・織守きょうや・越谷オサム

どんな料理であっても、そこにはつくり手の感情が込められているものです。プロが提供する料理は支払われた報酬と引き換えにお客さまを満足させるために、家庭料理は同じ食卓を囲む家族の健康や団らんのために、たとえ自分以外に食べる者のいない簡単なものであったとしても、そこには自分への思いが注ぎこまれているのです。本書では、そのような様様な立場の「料理をつくる人」たちをテーマにした短編を、文芸の最前線で活躍中の六名の作家に執筆していただきました。心とお腹を満たす極上の物語のフルコースを、どうぞご堪能くださいませ。

アンソロジー　料理をつくる人

西條奈加・千早　茜・深緑野分・
秋永真琴・織守きょうや・越谷オサム

創元文芸文庫

THE COOKS

2024

目次

向日葵の少女　西條奈加　九
白い食卓　千早茜　五三
メインディッシュを悪魔に　深緑野分　七九
冷蔵庫で待ってる　秋永真琴　一三九
対岸の恋　織守きょうや　一七五
夏のキッチン　越谷オサム　二二五

アンソロジー　料理をつくる人

向日葵の少女

西條奈加

西條奈加（さいじょう・なか）

1964年北海道生まれ。2005年、『金春屋ゴメス』で第17回日本ファンタジーノベル大賞を受賞してデビュー。12年『涅槃の雪』で第18回中山義秀文学賞を、15年『まるまるの毬』で第36回吉川英治文学新人賞を、18年『無暁の鈴』で第1回細谷正充賞を、21年『心淋し川』で第164回直木三十五賞を受賞。他の著書に〈お蔦さんの神楽坂日記〉シリーズや、『善人長屋』『隠居すごろく』『千年鬼』『曲亭の家』『六つの村を越えて髭をなびかせる者』などがある。

飯田橋《いいだばし》駅の改札を出て、外堀《そとぼり》通りの信号を渡って、坂下から神楽坂《かぐらざか》を見上げた。

今日から十二月、時間は午後四時。たぶん、あと三十分くらいで日の入りだろう。いつもなら部活を終えて帰ると真っ暗になっているから、夕暮れ時の景色はちょっとめずらしい。といっても、あいにく感慨に浸る余裕はない。来週が期末試験で、今週はテスト準備期間ということで、部活が休みなのだ。

「やっぱりネックは数学だな……あと物理と化学も。どうして理数系が、こんなにできないかな。文系オンリーじゃ、これからの時代を生き抜けないよ」

将来を悲観するあまり、つい独り言がこぼれる。

神楽坂の表通りを右に折れて、並行して走る裏通りを行くのがいつもの通学路だ。

道を曲がる前に、角《かど》のコンビニに寄って飲み物を調達した。炭酸飲料は冬でも必需品で、ちなみに僕の好みは柑橘《かんきつ》系、中でもシークワーサーにハマっている。コンビニを出て脇道に入ろうとして、いきなり声をかけられた。

「ノゾミちゃん？　ノゾミちゃんよね？」

　やや甲高い声は結構響いて、コンビニの自動ドアを出てきたお兄さんが、こちらをふり向く。ちょっと恥ずかしくなって、マフラーに潜るように首をすくめた。男子高校生が人前でちゃん付けされるのは、本当にばつが悪い。

「ええと、はい……あのう……」

　ものすごく曖昧《あいまい》な返答になったのは、相手に見覚えがなかったからだ。僕をちゃん付けで呼ぶのは、年齢を問わず女性に限られる。この神楽坂なら、ご近所のおばさんかお姉さんが第一候補だが、僕の知らない顔だ。

　ベージュのコートに、茶色の膝丈ブーツ。ちょっとお洒落な感じの人で、旅行中なのか黒い布製のキャリーバッグを引いている。年齢はたぶん、僕の両親より少し若いくらい、四十歳前後といったところか。僕の戸惑いが伝わったのか、相手の女性が苦笑する。

「ごめんなさいね、いきなり。会ったのは五年以上も前だから、覚えてるはずないわよね」

　五年というと、十歳か十一歳辺りか。忘れていても許される範疇《はんちゅう》だ。

「実はこれからね、滝本《たきもと》さんのお宅を訪ねるところだったの。神楽坂も久々で、ちょっとブラブラしていたら、偶然ノゾミちゃんを見つけて。ノゾミちゃんは学校帰り？　家までご一緒してもいいかな？」

　ノゾミじゃなくノゾム、滝本望だ。訂正しておきたいところだが、何度も連呼されるとどうでもよくなってくる。断る理由もなく、はい、とうなずいた。

「芸者新道《げいしゃしんみち》から行きましょうか。表通りより人も少ないし」

ここから少し坂を上った本多横丁《ほんだよこちょう》にある「多喜本《たきもと》履物店」が僕の家で、草履や下駄など和装の履物をあつかっている。たしかに歩道が狭くて人の多い表通りより、芸者新道やかくれんぼ横丁の方が歩きやすい。だが、裏通りの名を知っているのは、なかなかの通《つう》だ。久々と言っていたし、もしやと思ってたずねた。

「以前、この辺りに住んでいたんですか？」

「そうなの、九歳まで若宮町《わかみやちょう》にね。懐かしいなあ」

若宮町は東京理科大学の西の裏手で、若宮八幡《はちまん》神社や若宮公園がある。

小学四年生になるタイミングで長野に引越して、いまは松本《まつもと》市に住んでいるという。

「私もね、子供の頃はよくこの辺りを歩いて、馴染みの店も色々あって。『伊万里《いまり》』で和菓子をいただいたり、『福平鮨《ふくへいずし》』でサビ抜きの鉄火巻を食べたり。多喜本さんには浴衣に合わせるゴム草履を買いに行ったたっけ。ほんと、懐かしい……」

僕が知るご近所衆が次々と出てきて、何だか不思議な気持ちになった。僕としてはほぼ初対面に等しいおばさんなのに、同じ街で同じ人と関わっている。それだけで、親近感のようなものがわいた。

「そういえば、申し遅れました。塚本知佐子《つかもとちさこ》といいます。旧姓は曽木《そぎ》で、先月亡くなった母が、お蔦《つた》さんとは、ずっと手紙のやりとりをしていて」

先月ときいて、慌てて型通りのお悔やみを口にした。お蔦さんは僕の祖母で、本名は滝本津多代《つたよ》だけど、芸者時代の芸名が蔦代《つたよ》。僕も両親も近所の人も、お蔦さんと呼んでいる。

「もともと難治性の喘息《ぜんそく》を患っていて、病気の割には長生きできた方なの。もう一度、母と一緒に神楽坂に来たかったけど、五年前が最後になってしまったわ」

子供の僕への気遣いか、あまり湿っぽくない調子で語った。

「五年前って、僕に会ったのってそのときですか？」

「ええ、久々に母と神楽坂を散策して、滝本さんにお邪魔してね。お昼に『熱々餡《あん》かけセット』をご馳走になったの」

「中華風の餡かけ茶碗蒸しと、餡かけ焼きそばの？　それって、祖父のレシピです！」

懐かしいメニューに釣られて、即座にこたえる。

「実はね、私も子供の頃に食べた、懐かしい味なの。母がその思い出話をしたら、おじいさまが作ってくださって」

昔、子供の頃に食べた味と、まったく同じで感動したと、懐かしそうに語る。

「そのときはノゾミちゃんも台所で、包丁を握ってお手伝いしてた。滝本家は、男が料理する家柄なんですよ、ってお蔦さんが誇らしそうに仰って。曾おじいさまの頃から、代々続いているのでしょ？」

「お蔦さんが、自慢することじゃないんだけどな」

つい苦笑が漏れたが、懐かしさに胸の奥がじんわりした。その日のことは記憶にないが、祖父の味が、鮮やかに舌の上によみがえる。特に中華風茶碗蒸しは、僕にとっても思い出深い味だ。

「そっか……五年前は、まだおじいちゃんが生きてたんだ」

雑踏の騒がしさに紛れて、口の中で呟いた。僕とお父さんの料理の師匠でもあった祖父は、三年前に亡くなった。祖父と一緒に台所に立った日々が、無性に懐かしい。

「あら？　でもそういえば、ノゾミちゃんはたしか、おじいさまやお蔦さんとは別に暮らしているときいたような気も……」

「僕は祖父が亡くなってから、祖母と一緒に住むようになったんです。父の転勤で両親は札幌に行って、僕はいまの学校に通いたかったので」

塚本さんにはあえて告げなかったが、それに加えて、もうひとつ理由がある。祖母がまったく、料理ができない人だからだ。

からだも性格もぴんしゃんしている人だから、ひとり暮らしでも問題はないのだが、料理はいわば唯一の弱点だ。祖父の料理上手と自身の料理下手が絶妙に嚙み合った挙句、この歳まで包丁を持ったことすらなく、りんごの皮もむけない。

そのくせ舌だけは肥えていて、味にはうるさい。昨今はコンビニやデパ地下に行けば、お弁当や総菜があふれていて、インスタントもレトルトも冷凍食品もレベルが大いに上がっているのだが、祖母の舌を満足させるには至らない。

僕はいわば、お蔦さん専属の料理人として、祖父と父がいなくなった滝本家の台所を守るという大役を任された。曾祖父から数えて四代目。その伝統もあるけれど、祖父が大事にしてきた台所や味を受け継ぐのが、何より誇らしい。

何だかいますぐにでも台所に立ちたい気分になったが、あいにくとテストが終わるまでの二週間は、料理も免除されている。と言っても、まったく作らないとこっちが干乾《ひぼ》しになる。外食の比率を増やして、あとは冷凍食品や加工食品を駆使した時短レシピで凌《しの》ぐ。

——テストが終わったら、何を作ろう。冬だから、やっぱり鍋かな。ポトフとか洋風もいいな。熱々のグラタンも捨てがたいし。

芸者新道からうちの玄関に行き着くまで、冬メニューをあれこれと考え続けた。

「晴《てる》さんのことは、本当に残念だったよ。知佐ちゃんも大変だったね」

お悔やみの挨拶を述べてから、祖母はお客さんを居間に招き入れた。

知佐子さんのお母さんは、曽木晴子《てるこ》さんといった。晴れ間の「晴」の字でテルと読むそうだ。

「いえ、葬儀は内々で済ませましたし、持病があったこともあって、日頃から身辺整理をしていたようで。遺品整理なども、さほど時間はかかりませんでした」

今日のお蔦さんは、くすんだ松葉色に灰色の太縞が入った着物に、茶の帯を締めている。面長で細身の祖母にはよく似合う。祖母が年中、和服で通しているのは、履物店の店主という建前もあるが、芸者をしていた手前、着物に馴染みがあるからだ。

履物店は夜七時まで。まだ閉店前の時間だが、店番はいつものごとくご近所に任せている。店の奥には小上がりがあって、いまの時期は炬燵《こたつ》を据えてある。ここがご近所衆の溜まり場になっていて、だいたい女性陣が陣取っている。今日は「木下《きのした》薬局」のおばあさんと、「鈴《すず》木《き》フラワー」のお姉さんが来ていて、店番も引き受けてくれた。

金曜の晩は、神楽坂界隈の飲食店はものすごく混んでいる。今日は外食を避けて、冷凍食品で献立を組み立てる。冷凍技術の進歩で、最近はものすごくレベルが上がった。もはや冷凍食品ではなく冷凍グルメだ。ただしデパ地下などに置いている高級版は、値段も相応にお高いのだが、味と時短を考えれば妥当な価格と言える。幸いうちにはいただきものが結構あって、こういうときのためにストックしてある。

「ルタオのビーフストロガノフって旨そう。これ、RFF《ルフフ》って読むのか。そのエビカツを添えようかな。野菜がないな……水菜とトマトに、炒めたシラスでサラダにするか」

冷凍庫を覗いてメニューを決める。夕食時まではまだ間があるから、二、三時間は勉強に費《つい》やせる。炭酸を手に、二階の自室に上がるつもりでいたが、台所から廊下に出たところで足が止まった。台所の向かい側は居間で、こちらに横顔を見せてソファーに向かい合うふたりが見える。知佐子さんが、黒いキャリーバッグを開けて、中から藍の風呂敷にくるまれた平たい物を出した。その品に、目が吸い寄せられる。

「これは、絵かい？」

祖母に問われ、知佐子さんがうなずいた。てっきり長野からの上京に旅行鞄を携えてきたのかと思っていたが、知佐子さんは日帰りの予定だった。ちょうど絵が収納できるサイズだったから、キャリーバッグに入れてきたようだ。

大きさは六号くらい。僕は美術部だから、キャンバスのサイズを表す号数はだいたいわかる。六号は長辺が四一〇ミリ、つまり四十一センチで、Ａ３用紙が四十二センチだから、これに近い。六号なら、絵画としては小品の部類に入る。

「ひょっとして、お父さんの絵かい？」

「はい、母の若い頃を描いた肖像画で、父が描いたものです」

「で、この絵を、お父さんに渡したいと。それが晴さんの、いわば遺言なんだね？」

話がまったく見えなくて、余計に気になる。あとで祖母に確かめたが、少々複雑な事情があった。

「はい……でも、両親が離婚して以来、父とは一度も会えなくて……それが祖父の出した条件ですから、仕方がないんですけど。ただ、消息は知っていました。父とつき合いのあった、市野瀬《いちのせ》さんという画廊のご主人を通して」

お父さんの名前は、谷伊《たにい》織《おり》。雅号も同じで、都内で絵画教室を営みながら、いまも画家を続けているという。

「それじゃあ、これからお父さんに会って、絵を渡すのかい？」

「いえ、それが……この絵を本当に父に渡していいものか迷っていて」

「何か、まずいことでも？」

「はい……絵を見ていただいた方が早いですね」

知佐子さんが、藍の風呂敷の結び目を解いた。たぶん額縁の箱だろう、絵は平たい箱に入っていた。箱の蓋が外され、僕のいる位置からも辛《かろ》うじて見える。

絵を見た瞬間、祖母がはっとして、僕は思わず出そうになった声を飲み込んだ。

左斜めを向いて、椅子に座った女性の肖像画で、腰から上の部分が描かれている。髪はポニーテールで、眉の上で切りそろえられた前髪が可愛らしい。白地のワンピースは、鮮やかなひまわりの柄。背景には窓があり、その向こうにもひまわりが描かれていた。

少し緊張した面持ちやピンク色の頬、細い顎とからだの線は、女性というより少女という印象だ。夏らしい景色と相まって、さわやかなイメージの肖像画なのに、ある一点で台無しだ。

「これは、誰がやったんだい？」

祖母にたずねられ、知佐子さんがうつむいた。

「たぶん……母ではないかと思います」

「晴さんが？」

眉をひそめた祖母の顔は、まさか、と言いたげだ。

少女の胸から真下に向かって、まるで人物を縦に切断でもするように、絵は大きく切り裂かれていた。

「晴さんは、こんなことをするタイプには、とても思えないがね」

おっとりとして、いつも穏やかでやさしかったと、祖母は晴子さんの人柄を語る。

「もしかしたら、あのときかもしれません」

「あのときってのは？」

「両親の結婚に、最後まで反対していた祖父が、十年ほど前に亡くなったときです。母は父に会いたいと、画商の市野瀬さんを通じて伝えたんですが……父に断られて」

あのときばかりは、晴子さんはひどくがっかりしていたと、知佐子さんが声を落とす。

「向こうが断った理由は？」と、祖母が問いを重ねる。

「母や私と、二度と会わないと、祖父に約束したからだそうです」

結局、再会が叶わぬまま、晴子さんは逝《い》ってしまった。お蔦さんが容赦なくこき下ろす。

「何が約束だい。融通のきかない、ただのトンチキじゃないか」

祖母の悪口に、少し救われたように、知佐子さんは苦笑を浮かべた。

「それで、厚かましいのを承知で、お蔦さんにお願いがありまして」

知佐子さんが今日来訪したのは、祖母に頼み事があったからだ。

「母のいわば遺言ですから、この絵を父のもとに届けたい。ですが、こんな状態の絵を、娘の私から渡すのはさすがに気が咎めて……」

「あたしから、渡してくれというのかい？」

「はい……図々しい依頼だと、わかっています。でも、どうかお願いします！」

祖母に向かって、深々と頭を下げた。だけど、絵を届けるだけなら宅配便を使えばいいし、あるいは繋ぎ役を務めている画商に預ければ、済む話ではなかろうか？

僕がそう思い、お蔦さんもまったく同じことを口にした。しかし知佐子さんが祖母を指名したのには、相応の理由があった。

「父がこの絵を見て、どんな表情で、何と言うのか。それが、知りたいんです」

なるほど、宅配便ではたしかに、相手の反応まではわからない。

そして一方で、谷伊織さんの友人だという画商の市野瀬さんでは、父娘の双方に気を遣って、本当のことを話してくれないかもしれない。

「これまで関わった人の中で、誰よりも正直なのはお蔦さんだと、母からきいています」

祖母に白羽の矢を立てた理由を、知佐子さんはそのように語ったが、裏を返せば、もっとも大人げない大人だと、評価されたに等しい。さもありなんと、僕は思わず笑いをこらえた。

「つまり、お父さんにこの絵を渡して、どんな反応をするか確かめて、それをまた知佐ちゃんに伝えろってことだね？」

「ご面倒をおかけして、申し訳ありません。ですが、母への供養と思って、どうかお願いします」

たいそう恐縮しながら、知佐子さんは何度も頭を下げた。祖母はちょっと気に入らない表情で、破れた絵と知佐子さんを交互にながめていたが、やがて承知を告げた。

「晴さんへの供養なら仕方ない。久しぶりに、伊織さんに会うのも悪かないしね。引き受けるから、頭を上げておくれ」

知佐子さんが有難そうに、また何度もお辞儀をくり返す。

「ひとつだけ、いいかい？　絵を渡した結果は、できれば知佐ちゃんに直接伝えたいんだ。もう一度、ここに来てもらえるかい？」

もちろんだと、知佐子さんが返す。今日は絵が荷物になって、手土産はひとつきりになったが、今度はお礼に、信州名物をたくさん抱えてくると約束した。

「リクエストがあれば、言ってください。松本なら、だいたい何でも手に入るはずなので」

「そりゃ、いいね……望、信州名物を、あれで調べとくれ」

遠慮という配慮をあまりしないのも、うちの祖母の特徴だが、立ち聞きしていた格好だから、急にふり向かれて少々慌てた。あれとは携帯のことで、画面を立ち上げて検索する。

「ええと、お蔦さんがイケそうなものは、蕎麦の他には、野沢菜《のざわな》と七味唐辛子と……」

「お蔦さんは甘いものが苦手だと、母からきいていましたから、今回は蕎麦だけお持ちしたんですが」

「あたしは食べないが、甘いものでも構わないよ。なにせ来客が多いからね」

「あっ、これは？　『わかさぎ空揚《からあげ》』、おやつやおつまみにぴったりって、きっとお蔦さん向きだよ。向きじゃないけど、『市田柿《いちだがき》ミルフィーユ』って興味ある。干し柿にバターを挟んで、ブランデーやラムの風味もあるって」

長野県だけに、リンゴやクルミのお菓子も豊富で、かなり目移りしたが、「わかさぎ空揚」と「市田柿ミルフィーユ」に、野沢菜茶漬をリクエストした。お土産に注文をつけるなんて厚かましいけど、知佐子さんは快く応じてくれた。

もちろん祖母も、受けた依頼はきちんとこなす。

知佐子さんから連絡先を受けとって、翌日さっそく、谷伊織さんの知己《ちき》であるという画商の市野瀬さんに電話をした。

「いまはあいにく、関西で個展を開いているそうでね。帰りは来週になるそうだ。東京に戻ってからでいいから、うちに連絡するよう伝言したよ」

土曜日はそれで終わったが、次の日の日曜日、お蔦さんの招集で、神楽坂商店街の面々が集まった。

「おや、望くん、ちょうどいいところに。うちの冬の新作、食べてみてくれないか？　若い人の意見がききたくてね」

「カーッ、昼の酒は効くねえ。望、すまねえが、ビールをもう一本頼まあ」

「お父さん、ノゾミちゃんは明日からのテストで忙しいんですよ。あたしがやりますから」

「うちの洋平《ようへい》も、試験を前に頭を抱えていたよ。あれは勉強がさっぱりで、一夜漬けがもっぱらだからね」

神楽坂商店街は、うちを含めて日曜休日が多い。集まったのは、菓子舗伊万里のご主人に、福平鮨の大将とおかみさん、木下薬局のおばあさんという顔ぶれだ。全員、祖母と同年代だから、ほぼ老人会の様相だが、ある意味いつものメンバーだ。

ついでに言っておくと、木下薬局の洋平は、学校は違うけど僕と同い歳の仲良しだ。おばあさんが嘆くとおり、勉強は苦手だが、そのぶんスポーツが得意で身長も高い。伸び悩んでいる僕としては、かなりうらやましい。

「それにしても、晴子さんが先に逝っちまうなんてな。おれよりだいぶ下だろうが」

「持病があったにせよ、年下に先立たれるのは、やっぱり応えるねえ」

福平鮨の大将と、伊万里のご主人が湿っぽい顔でうつむいた。

「神楽坂を離れる前は、喘息がだいぶ悪くなっていたからねえ。処方薬のために、うちにもたびたび通ってねえ」

洋平のおばあさんが、ため息を重ねた。ご近所の気安さで、つい僕も口を出した。

「離婚したのは、病気のためなんだってね」

「そうなんだよ。もともと子供の頃からの持病だそうだがね、娘の知佐ちゃんが、ちょうど小学校に上がった頃から、晴子さんの喘息がひどくなってね」

喘息の治療薬が思うように効かない場合を、難治性喘息と呼ぶそうで、時々発作も起きる。その頻度がだんだんと増えてきて、日常生活すら困難になってきたそうだ。

「発作のたびに、吸入器の薬剤で凌いでいたんだがね、いわば対症療法に過ぎないからね。あの当時は大変そうだったよ」

洋平のおばあさんが、気の毒そうな表情で思い返す。

難治性喘息は指定難病で、医療費の助成が受けられる。ただ、家計を支えていた晴子さんが働けなくなって、一家の収入は半減した。

「画家の収入じゃ追いつかなくて、伊織もバイトを掛け持ちしてな。うちの出前を手伝っていたこともあったんだが、奥さんの発作が頻繁になって、家を空けることすらできなくなった」

「遂には、晴子さんの実家を頼るしかなくなってね。でも、ふたりはいわば駆落ち同然で一緒になったから、お父さんは伊織さんを許さなくてね」

福平鮨のご夫婦が、てんでに語る。晴子さんは東京の大学に通っていた頃に伊織さんに会って、ふたりは恋に落ちた。やがて晴子さんが妊娠し、結婚の約束をしたけれど、まだ学生だったこともあり晴子さんのご両親から猛反対された。晴子さんの実家は古くから続く地主で、その辺りでは名家と呼ばれる家柄だそうだ。

「まあ、ご両親にしてみれば、どこの馬の骨ともわからない男に、娘を傷物にされたと思えたんだろうね。ことにお父さんは、昔気質の人で頑固でね。画家なぞというふざけた職業の男になぞ娘はやれんと息巻いて」

「ふざけた職業って……奉介《ほうすけ》おじさんの手前、何となく耳が痛い」

つい伊万里のご主人に向かって、口を尖らせた。

「そういや、奉くんは？　最近、見ないね」

「絵の仕事が大詰めに入ってさ、このところアトリエに寝泊まりして、三日に一度くらいしか帰ってこないんだ」

うちにはひとり、ふざけた職業の身内がいる。奉介おじさんで、雅号は乾蟬丸《いぬいせみまる》。いまは二年がかりで、ビルのエントランスに飾る大きな油絵を制作しているのだが、来年三月の期日まで、あと四ヶ月を切った。追い込みにかかっていて、週に二度ほどしか顔を見ない。

ちなみに僕の母はイラストレーターで、父の転勤で札幌に越してからも、本の挿絵の仕事を続けている。僕も美術部だし、画業には縁や理解があるけれど、堅い職業や家柄の人は拒絶反応を示す場合もあるのだろう。

結局、晴子さんは勘当同然で家を出て、大学もやめて伊織さんと結婚した。

「出前持ちをしていた縁でな、ささやかながら、うちで結婚式を挙げたんだぜ」

「私も覚えてますよ。知佐ちゃんが生まれる三月くらい前で、晴子さんのお腹もだいぶ大きくなっていて」

「あれはいい結婚式だったな。ちなみに婚姻届の証人は、一啓《いっけい》さんと私でね」

福平鮨のご夫婦と、伊万里のおじいさんが懐かしそうに目を細める。

一啓さんは僕のおじいちゃんで、本当は一啓《かずたか》と読む。ちなみに奉介おじさんは、僕のお父さんよりも年下だけど、おじいちゃんの一番下の弟になる。

「それから知佐ちゃんが生まれて、本当に幸せそうな家族だったのにな」

禿げ頭で、顔もからだもお餅を連想させる伊万里のご主人が、にわかに肩を落とした。逆に色黒で筋肉質の鮨屋の大将も、そうだな、とうなずいた。

「ずっと貧乏ではあったけどな。若宮町の古いアパートに住んで、晴子も近所のレストランでウエイトレスをして家計を支えていた」

「私も一度、お宅にお邪魔したことがあったわ。六畳二間しかないのに、ひと間をアトリエにしていたから絵の道具で埋まっていて、もう狭いのなんのって。でもその割には居心地が良かったの。きっと夫婦仲が良くて、知佐ちゃんと三人で、幸せそうにしていたからね」

鮨屋のおかみさんの話で、その光景が目に浮かぶようだ。

「晴子さんの病気さえ、なかったらねえ」と、薬局のおばあさんがため息をついた。

伊織さんの実家も、お父さんが怪我で入院して大変な時期だったから、頼れるところは晴子さんの実家しかなかった。実家のお父さんは、離婚を条件とし、今後一切、娘と孫には近づかないよう言いわたした。晴子さんを助けるために、伊織さんはその条件を呑むしかなかったんだ。

「治療費はおれたちで工面するから、晴子と知佐子を迎えに行けと勧めたんだがな」

「晴子さんに無理をさせたのは自分だと、伊織さんは罪の意識を抱えていたのね。家族と離れるのが唯一の贖罪《しょくざい》だと、思い詰めていたんでしょうね」

大将が渋い表情で眉間にしわを寄せ、おかみさんは目尻に涙を浮かべた。

贖罪って、何だかとても悲しい言葉だ。

娘の知佐子さんも、その辺りの事情はわかっているはずだ。だからこそ、あの絵を渡すことをためらったに違いない。罪悪感を抱えていたお父さんを、よけいに追い詰めることになりはしないかと。

一方の晴子さんは、どんな思いであの絵を託したんだろう。妻と娘に一度も会いに来なかった伊織さんを、心のどこかで怨んでいたのか。切り裂かれたあの絵は、その気持ちの表れなのか。いくら考えても、僕にはわからない。

結局、伊織さんと一度も会えないまま、晴子さんは逝ってしまった。ただその事実が、とても悲しい。

「待たせて済まなかったね。向こうがとにかく話の長い手合いで、手間取っちまった」

本題に入る前に、電話に邪魔されたようだ。長話を終えて、祖母が戻ってきた。居間のとなりにある自室から絵をとってきて、皆に見せた。

「ききたいのは、この絵のことでね。見たことがあるかい？」

皆が一様に、大きな傷に驚いたものの、思い当たるように、ああ、と声をあげたのは、鮨屋のおかみさんだった。

「若宮町のアパートで、この絵を見ましたよ。玄関に飾ってあって、『僕の最高傑作です』と伊織さんが自慢して。自分がモデルだから、晴子さんはちょっと恥ずかしそうだったけど、やっぱり嬉しそうで」

つき合いはじめた頃、晴子さんを初めて描いた一枚だそうだ。

「絵のタイトルは、『向日葵《ひまわり》の少女』。まだ二十歳前の、晴子さんの姿だそうよ」

ひまわりの絵というと、ゴッホを思い出すけど、この絵の中ではワンピースの模様と、窓の外の遠景として描かれている。写実的な描かれ方ではなく、鮮やかな黄色が差し色のように使われていて、少女のピンク色の頬や肌の色を引き立てていた。

「でも、どうしたんでしょうね……こんな傷は、ついてなかったのに」

痛々しそうに、大きく破れた絵に眉をひそめる。

祖母は知佐子さんからきいた話はあえて語らず、その後はいつものとおり、商店街のあれこれやら昔の思い出話などに終始した。


「晴子さんは、この絵を通して、伊織さんに怨みをぶつけたかったのかな……」

ご近所衆が帰ると、テーブルに置かれたままの『向日葵の少女』は、妙に寂しげに見えた。

「離婚した経緯はともかく、十年前に実家のお父さんが亡くなったとき、伊織さんは会ってもくれなかったから。それがよっぽど、悲しかったのかな」

つい感情が昂って、絵に八つ当たりしてしまった。理屈としては、ありそうに思える。しかし祖母は、腑に落ちないと言いたげに首を傾げた。

「最初から、気になっていたんだがね。十年前にしちゃ、やけに絵の傷が新しいと思わないかい？　切ってから十年も経てば、もう少し傷に年季が入ってもよさそうなものだろう？」

「言われてみれば、たしかに……」

古い傷なら切ったところが、埃や汚れで黒ずんでくるはずだ。なのに祖母の言うとおり、切り口が妙にきれいだ。まるで、ほんの数日前に、切られたばかりのように――。

「晴子さんは、亡くなる間際に、傷をつけたってこと？」

「病気で参っている人間に、そんな力が残っているとは思えないがね。ほら、この傷をごらんよ。人物の胸から真下に向かって、一直線に縦に裂かれているだろ？」

その直線には、強い意志が感じられる。キャンバスは丈夫な帆布製だから、相応の力も要る。力の弱った病人なら、曲がったり途切れたりしてもおかしくないはずだ。

傷をもう一度確かめるために、僕は絵を裏返して、傷の辺りに目を凝らした。

「あれ？　これって……」

「何だい？」

「やっぱり、修復された跡だ。きっとこの絵、前にも一度、破れたことがあったんだ」

本当かい、とお蔦さんが顔を寄せる。

キャンバスは、サイジングや地塗りを施してから、木枠に張ったり、あるいは板や厚紙に張りつける。帆布に絵具が浸透しないよう、膠を塗るのがサイジングで、地塗りは下塗りのこと。キャンバスの目が程よく埋まって、絵具が載せやすくなり、また、油彩独特の、深い色合いや重厚感も生み出す。

『向日葵の少女』は、キャンバスが木枠に張られていたから、裏に残っていた修復の跡に気づけたんだ。

キャンバスは布だから、破れてしまった場合、修復の方法は二通りある。

大きな傷の場合は「裏打ち」といって、背面にもう一枚帆布を張りつける方法になるが、もっと小さな裂けや穴の場合は、「かけはぎ」を用いる。

破れた個所を塞いで布目を整えて接着し、さらに糸で縫い合わせる方法だ。裏に布や紙のパッチを張って、破れた部分を補強することもあり、この絵の裏にも、正方形の小さな布が当て布として使われていた。

パッチの大きさは、縦横五センチってところか。絵についた古い傷は、それより小さいってことだろう。

「この古傷、新しい方の傷の、ちょうど始点辺りだ。ほら、裏から見ると、パッチの上辺あたりから裂けてるだろ？」

当て布ごと切られているのが、何だかよけいに痛々しい。

「どうも、すっきりしないねえ」

お蔦さんは、僕が示した個所を入念に確かめてから、絵を表に向けてテーブルに置いた。

不機嫌そうに煙草に手を伸ばし、紫煙を吐きながら考え込む。

「おまえもそろそろ二階にお上がりな。明日っから試験なんだろ」

思考の邪魔になったんだろう。僕を早々に追立にかかる。

「わかってるよ。でも、何か気になってさ」

「おまえが気を揉んだところで、変わるのはテストの点数だけじゃないのかい」

嫌なことを言う。でも、それも事実、いや現実だ。後ろ髪を引かれる思いで、階段を上りかけたとき、玄関のドアが開く音がした。

「ただいまあ」と入ってきたのは、奉介おじさんだった。

「大丈夫、おじさん？　何かだんだんと、すさんでいってるよ」

最近は床屋にも行かず、肩まで伸びた髪を後ろで束ね、髭も剃っていないから伸び放題だ。厚手のコートを脱ぐと、スプラッタ映画さながらに、赤い絵具の飛び散ったTシャツが現れて、より凄惨《せいさん》さが増す。

乾蟬丸の絵は、人物も建物も背景も、赤で塗り込められる。「蟬の赤」と称される独特の色合いだが、作業用のTシャツや繋ぎが、スプラッタになるのはそのためだ。

「ちゃんと食べてる？　おにぎりやカップ麺ばっかじゃもたないよ」

「野菜も食べてるよ。昨日、コンビニでサラダ買ったし」

「昨日って、今日は野菜取ってないってことだよね。何か作ろうか」

「いいよいいよ、自分で作るから。望くんは、明日から試験だろ？」

「覚えてたんだ、めずらしい」

絵に集中すると、他のことがおろそかになる。意外そうな顔をすると、種明かしをした。

「さっき、楓《かえで》からメールが来てね。楓の学校は今週で試験が終わったけど、望くんは明日からだって」

石井《いしい》楓は奉介おじさんの娘で、僕と同じ高校一年生だ。楓が幼い頃に両親は離婚して、いまはお母さんと暮らしているが、学校が神楽坂に近いこともあり、お父さんに会うために時時うちに遊びに来る。

「おや、奉介、久々のご帰還だね。まったく、どっちが家かわかりゃしないね」

居間から祖母に嫌味をこぼされて、おじさんが苦笑する。

「お蔦さん、ご機嫌斜めだね」

「うん、ちょっとあの絵のことで、不機嫌になっていて」

絵ときいて、興味がわいたのだろう。居間のテーブルに置かれた絵を覗き込む。

「この絵、切られたのかい？　可哀想に……」

縦に鋭く走った傷に、顔をしかめたが、あれ、とおじさんが声をあげた。

「これ、谷伊織さんの絵じゃ……」

「おじさん、よくわかるね」

「サインが同じだし、背景のタッチが似ているからね。風景画家だから、人物画は滅多に描かないけど、線が穏やかで色調が暖かいよね」

窓の向こうに並ぶひまわりを指差して、おじさんが微笑する。

「実はこの前、谷さんに初めて会って……」

えっ、と僕と祖母が、同時に声をあげる。

「谷伊織に会ったのかい？」

「おじさん、どこで？」

「絵の依頼元を訪ねたら、たまたま谷さんが来ていて……」

反応の鋭さに戸惑いながらも、おじさんが経緯を明かす。

おじさんに絵を依頼したのは大きな企業で、先日、おじさんはその本社ビルを訪ねた。絵が飾られるのは新築のビルであり、先方はその進捗状況を、おじさんは絵の出来具合を、それぞれ報告するためだった。

「そこの会長が、絵画に造詣が深くてね、蒐集家でもある。館内に飾る絵も、その人が吟味していて、画商を通じて谷さんの絵も数点購入したそうだよ。谷さんは、そのお礼に会長を訪ねてきてね、僕も会長室で引き合わされて挨拶したんだ」

「谷伊織さんて、どんな人だったの？」

「絵と同様に、穏やかで感じのいい人だったよ」

僕の問いに、笑顔でこたえる。

「今度、時間があるときに食事でもって、名刺ももらったんだ。僕の絵が出来上がった頃にでも、連絡してみようかと」

「奉介、食事は来週末におし。日曜の昼がいいね」

「来週？　どうしてそんな急に……」

「場所はここ。神楽坂の多喜本履物店といや、向こうもわかるはずだ」

祖母の命は絶対だ。面食らいながらも、奉介おじさんが承知する。

「ちょうど試験も終わった頃だし。食事の方は頼んだよ、望」

「うん、任せて！　お蔦さんとおじさんと僕と、それと伊織さんで、四人分でいい？」

「いいや、もうひとり、知佐ちゃんも呼ばないと。食事は五人分、用意しておくれ」

知佐子さんの名が挙がると、料理のメニューも自ずと決まった。

「たしかあれ、カニ缶が必要だったたな。買ってこないと。もうひとつは鶏肉と……あれ、ささ身だっけ、胸肉だっけ？　あ、芽ニンニクや黄ニラも要るんだ。いつものスーパーじゃ難しいかな。金曜の学校帰りに調達するか」

料理の材料を、頭の中に浮かべながら二階に上がり、翌週の日曜日は、張り切って台所に立った。

「我ながら、カニ缶は奮発したたな。あとは生椎茸《しいたけ》と卵と。で、こっちは、鶏ささ身にタケノコ、芽ニンニクと黄ニラもそろえたし、麺もよしと」

家族用なら、別の食材で代用するところだけど、お客さま用だからレシピに忠実に材料を用意した。祖父が生きていた頃は、近所の中華屋さんから材料を分けてもらって、調達にも手間がかからなかったが、残念ながらその中華屋さんは数年前に移転してしまった。

だから今日の材料は、日本橋《にほんばし》のデパ地下で購入した。通学の乗換駅が、日本橋なのだ。

「うん、材料は万端だな。お蔦さん、食事の開始時間は、わからないんだよね？」

期末試験が終わった晴れ晴れしさに加え、本格的な料理は二週間ぶりで、僕も気合が入っている。

「お客さんは十二時には見えるだろうが、先に本題を片付けちまいたいからね。まあ、その成り行きしだいだね。仕度は間に合いそうかい？」

「食事の方は余裕だけど、後でご近所衆も集まるんだよね。お酒のつまみとか、やっぱり必要かな？」

「あの連中は、各々適当に持ち寄ってくるだろ。ああ、そういや、知佐ちゃんは早めに来るからね」

「お蔦さん、知佐子さんには言ったの？　お父さんが、ここに来るって」

「いいや。向こうの反応は知りたいけど、会いたくないって話だったからね。そのとおりに、させるつもりだよ」

どうするつもりなのか、詳しくは語らない。それでも祖母が、何か企んでいることはわかる。そっちは任せることにして、料理にかかった。

まずは、中華風餡かけ茶碗蒸し。中華スープを温めて、塩と酒で調《ととの》える。卵をかき混ぜてスープを加え、それをこし器に通して、裏ごしするのがポイントだ。こし器がない場合は、粉ふるいや布巾を使ったり、あるいはザルに三回くらい通すことでも代用できる。

カニ缶は身をほぐし、生椎茸は石づきをとって薄切りに。茶碗蒸しの具材は、このふたつだけだ。少量の油で生椎茸をさっと炒め、塩と酒少々で味付けし、いったん取り出す。カニも同じくさっと炒めて、こちらは塩味がついているから、酒少々のみをふる。後で蒸すから、どちらも火を通し過ぎないよう注意する。

家庭の茶碗蒸しなら、大鉢に入れて、四、五分長めに蒸す方が手間要らずだが、今日は茶碗蒸し用の器を使う。

一啓さんと呼ばれた僕の祖父は、節約志向の家庭料理が得意だったが、滝本家で最初に厨房に入った男子たる曾祖父は、とかく贅沢な人で、大盤振る舞いの料理を好んだ。材料はもとより器にも好みが反映されて、客用の食器はことに、派手で華やかな絵付けの品が多い。茶碗蒸しの器も同じく、凝った赤絵に金泥《こんでい》で縁取られた代物だ。ただ、今日は中華風だから、赤絵は似合いにも思える。

その器に、卵液のみを流し入れる。九分ほど蒸してから、具を加えて、さらに一分加熱したら出来上がり。その上に、中華スープと酒と砂糖、塩コショウに片栗粉で作った、熱々の餡をかけていただく。

餡をかけるのは、お客さんに出す間際がいい。いまは茶碗蒸しだけ仕上げて、もう一品の餡かけ焼きそばにとりかかる。

しかし材料を切ろうとしたところで、玄関のチャイムが鳴った。

「ああ、いいよ、あたしが出るから。きっと知佐ちゃんだろう」

その言葉どおり、祖母が玄関に出ていくと、ほどなく知佐子さんの声がした。台所と居間のあいだの廊下を通りしな、僕にも朗らかに挨拶する。

「こんにちは、ノゾミちゃん。はい、この前約束した、信州土産」

「わあ、ありがとうございます！」

知佐子さんは、お土産の入った紙袋を笑顔でさし出す。

しかしその表情は、居間に入ったとたん、不安そうに陰った。

「え……？　どうしてこの絵がここに？　父に渡してくださったのでは？」

テーブルの上には、『向日葵の少女』が置かれていた。


「実はね、絵をお父さんに渡すのは、これからなんだ。騙した格好になって、悪かったね」

居間のソファーに落ち着くと、お蔦さんはそう切り出した。

知佐子さんに電話をしたとき、依頼を果たしたとは、お蔦さんは言っていない。

『あの絵のことで話がついたから、来てほしい』と伝えたのだ。

廊下で電話していた祖母の声は、僕もきいている。日本語の曖昧な表現は、こういうときは非常に便利だ。話をつけたのは、市野瀬さんや奉介おじさんに対してで、伊織さんとは、まだ直接話もしていない。

「ただね、絵を渡す算段は整えたよ。その前に、どうしても確かめたいことがあってね」

「……何でしょうか？」

「この絵を裂いたのは、晴さんじゃない。知佐ちゃん、あんたがやったんだね？」

台所で材料を切りながら、僕は聞き耳を立てていたが、思わず手が止まった。

僕も薄々、感づいていた。この前、キャンバスの裏側にあった修復跡を見つけたとき、改めて気づいた。いまある大きな傷は、かなり新しく、そして生々しいことに。明らかに、誤ってつけた傷ではなく、故意につけられたものだ。

祖母やご近所衆の話からすると、晴子さんは、そんなことをするような人じゃない。最後まで結婚に反対していた晴子さんのお父さんも、十年前に亡くなっている。

消去法でいけば、残るのは、知佐子さんだけだ。

祖母の問いにこたえる声はきこえず、その沈黙に水を差すことすらためらわれる。どうにも気になってならなくて、僕は包丁を置いて、そっと居間を覗き込んだ。そのタイミングで、知佐子さんの声がした。

「どうして、私だと？」

「よく考えれば、知佐ちゃんしかいないからさ。こんな真似をするのはね」

ふうっと、観念したように、知佐子さんが大きく息を吐く。

「お父さんを恨んでいたのは、晴さんじゃなく、知佐ちゃんだ。離婚はあくまで大人の事情で、子供は蚊帳《かや》の外。誰より被害を受ける、当事者だってのにね」

「離婚については、理由が母の病気ですし、仕方がないと思ってました。でも……祖父が死んでからも、私たちに一度も会おうとしなかった。それが、許せなくて……」

「意地だか矜持だか知らないが、男ってのは、その辺が偏屈にできてるからね」

頑固親父ではあったけど、伊織さんの代わりに、妻と娘を守ってくれた。亡くなったからといって約束を反故にしては、その恩や義理を裏切ることになる——。伊織さんは画商を通じて、晴子さんにそう伝えたそうだ。

「それは、建前に過ぎません。父はただ、新しい生活を、邪魔されたくなかったんです。祖父が亡くなってまもなく、父は再婚したんです。私たちのことなど忘れて、別の家庭をもっていた！　それが後ろめたくて、私たちに会おうとしなかったに、違いありません！」

気さくで明るい面しか見せない人だったから、負の感情をぶちまけるさまは、正直怖くてならない。でも、何でだか、物悲しくも見えてくる。

知佐子さんは大人だけど、子供の頃にお父さんと引き離された。きっとお父さんへの感情だけは、子供のままなんだ。僕には、そんなふうに思えた。

「ひょっとして、知佐ちゃんがお父さんの再婚を知ったのは、ごく最近じゃないのかい？」

「そうです……母が亡くなった後、市野瀬さんからききました。私も、おそらく母も、何も知らされていなかった。それが無性に、腹が立って……」

まるでお父さんがそこにいるかのように、無残に裂かれた絵を睨みつける。

「母はこの絵を、何よりも大事にしていた。部屋に飾って、毎日ながめて……この絵は、家族三人が幸せに暮らした証しだと、そう言って……」

知佐子さんがうつむいて、その肩がふるえた。

お母さんが亡くなって、いちばん辛いときに、お父さんにも裏切られた——。知佐子さんには、そんなふうに思えたのかもしれない。

「なるほど、この絵はいわば、幸せの象徴だったんだね。それを切り裂いて、それでも気が済まなくて、父親に見せることで怒りや怨みを訴えようとした。その片棒を、あたしに担がせてね」

びくりと、知佐子さんがからだをすくませる。

ごめんなさい、と心底すまなそうに知佐子さんは謝ったが、なにせ相手が悪い。

「あたしを巻き込んだ以上は、覚悟しておくれ。あんたには最後まで、事の成り行きを見届けてもらうからね」

「見届けるとは、どういう……？」

「これからここに谷伊織が、お父さんが来る。この絵を受けとるためにね」

「そんな……いまさら父には会えません。会いたくありません！」

「わかってるよ。でも、父親がこの絵を見て、どう反応するか知りたいんだろ?」

知佐子さんがこたえに躊躇《ちゅうちょ》して、困り顔を祖母に向ける。

「あんたは、となりの部屋にいればいい。父親に会わずに済むし、声はきこえるからようすもわかる。あたしも依頼を全うできるしね。不足はないだろう?」

きっといますぐにでも、この場から逃げ出したいに違いない。けれどお蔦さんが相手では、蛇ににらまれた蛙だ。知佐子さんは、叱られた子供のような体で、祖母の部屋でもある、居間のとなりの和室に入った。

襖《ふすま》を閉めて、絵を箱に仕舞うと、祖母は台所に顔を出した。

「お蔦さん、せめてお茶とお菓子くらい、用意してあげなよ」

「わかってるよ、あたしゃ鬼じゃないからね」

祖母はお茶を淹れ、菓子舗伊万里の和菓子を添える。

「あ、お持たせだけど、これも一緒に。うわあ、美味しそう」

知佐子さんからお土産にもらった「市田柿ミルフィーユ」は、長方形の形で真空パックされている。一見するとベーコンみたいだ。厚みのある干し柿に、上質なバターをサンドしてある。干し柿の表面は、糖が結晶化して真っ白だが、切ると鮮やかな柿色とミルク色のバターが層になって現れ、こっくりとしたミルフィーユを思わせる。

一センチ幅に切り、二切れを和菓子のとなりに載せて、ついでに一切れつまみ食いする。

「うわ、んま！　お蔦さん、これは食べなきゃ損だよ」

たとえ苦手な甘味でも、美味いものには目がない祖母だ。一切れの端っこを五ミリくらい僕にカットさせ、それを口に放り込む。

「おや、本当だ、香りがいいねえ。ワインや日本酒にも合いそうだ」

祖母にしては、なかなかの高評価だ。祖母が盆を抱えて台所を出ていき、一方の僕は、焼きそばの下拵えにかかった。

鶏のささ身は細長く切って、酒と塩コショウで下味をつけ、卵白に片栗粉を入れた衣をまぶす。タケノコは細切りのパックを用意したから、洗って水けを切るだけ。芽ニンニクと黄ニラは五センチの長さにして、黄ニラ以外は油通しの目的で、さっと炒めておく。

ここまでやっておけば、後は仕上げにかかるだけだ。

先に麺を炒める。鍋にゴマ油を入れて、市販の焼きそば用生麺を投入。水少々を加えて、麺がほぐれるまで炒め、塩少々で下味をつけて皿に盛る。

それから餡にかかる。鍋に中華スープと具を入れて、酒と塩コショウで味付けし、黄ニラを加えてから片栗粉で餡にする。この餡は砂糖が入っていないから、茶碗蒸しの餡とは少し風味が違う。

これを麺にかければ出来上がりだが、麺も餡も、食べる直前に仕上げることにして、ひとまずは準備万端だ。

それからほどなく、玄関のチャイムがふたたび鳴って、駅まで迎えにいった奉介おじさんと、谷伊織さんが到着した。

「こんなふうに、また滝本さんにお呼ばれするなんて。リフォームされているけど、間取りは昔のままなんだね」

居間に通されると、懐かしそうに部屋を見渡す。

草食系を思わせる、少し枯れた風情のおじいさんだ。こんにちは、と僕も挨拶した。

「乾さんからききました。今日は一啓さんの、懐かしい味を作ってくれるそうですね。熱々餡かけセットは、私も大好物で。楽しみにしています」

子供の僕に対しても、物言いがていねいだ。はいっ、と気合を入れて返事した。

「まさか乾さんが、お蔦さんと縁続きだなんて。きいたときにはびっくりしたよ」

「あたしだって同じだよ。縁は異なものってところだね」

「昔、あんなにお世話になったのに、すっかり無沙汰を通してしまって申し訳ない」

「詫びなら、ご近所衆にしておくれ。後で大挙して押し寄せてくるからね」

祖母は本題に入ろうとしたが、その前に、と伊織さんが申し出た。

「僕がお邪魔していた頃は、おじいさんやおばあさん、それに、一啓さんもご健在でした。お仏壇に、お参りさせてもらえませんか」

それはマズい。仏壇は祖母の部屋にあり、知佐子さんがいるからだ。

「お参りは、後にしてもらえるかい。部屋の片づけが、間に合わなくてね」

何事もなかったように、しれっと告げるあたり、さすがはお蔦さんだ。

「今日来てもらったのには、わけがあってね」

お蔦さんは、テーブルを挟んだ向かい側のソファーに伊織さんを座らせ、奉介おじさんは祖母のとなりに腰を下ろす。

僕はお茶を淹れて居間に運び、台所に戻るふりで、廊下からようすを覗いていた。

「晴子さんが亡くなったことは、きいたかい？」

たちまち辛そうに、眉間をしかめた。その表情で、僕も察した。伊織さんは、別れた奥さんを忘れたわけじゃない。大きな物思いを、未だに抱えている。

「友人の市野瀬を通して知りました。私もまだ、気持ちの整理がつかなくて」

「晴子さんが生前、会おうとしたのに、向こうの父親に義理立てして断ったそうだね。いったい、どういう了見だい」

ポンポンと容赦なく叱りとばすのは、祖母にとってはいつものことだ。男性相手だと、舌《ぜっ》鋒《ぽう》はさらに鋭くなる。

「義理立てってのは建前で、どうせつまんない見栄を張ったんだろ。男ってのはまったく、孔雀《くじゃく》と一緒だね。きれいな羽を広げて虚勢を張りたがる。貧乏だろうが売れない画家だろうが、構わないじゃないか。晴子はそんなあんたに惚れたんだから」

「お蔦さん、もうその辺で……」

奉介おじさんが、たまりかねて止めに入る。おじさんもいわば、似たような立場だ。自分にグサグサ刺さるようで、堪えられなくなったんだろう。

「お蔦さんには敵わないな……でも、そのとおりです」

苦笑いを浮かべて、伊織さんは認めた。

「個展の企画が頓挫した上に、そのための費用を持ち逃げされて。本命と言われていた賞を逃したり、画壇の重鎮から酷評されたり、他にも色々と重なって……筆を折ることを、本気で考えました」

十年前、画商の友人を通して晴子さんから会いたいと打診されたのは、そんなときだった。辛いことが重なって、本当なら、泣いて助けを求めたい心境だったに違いない。でも、伊織さんは踏みとどまった。離れていた年月の長さが、そうさせたのかもしれない。

たしかにつまらない見栄だけど、家族だからこそ弱みを晒《さら》せない。そんな心中もちょっとわかる。いちばん辛いとき、情けないとき、身近な人には案外明かせない。おそらく男女を問わずだろうけど、強さを求められることの多い男の方が不器用かもしれない。

「別の理由も、あったんじゃないのかい？　それからまもなく、再婚したそうじゃないか」

ご存じでしたか、と少し照れくさそうに笑う。

人生最悪と言える状況で、晴子さんの申し出を拒んでからは、いっそう気持ちが塞いだ。見るに見かねて手を差し伸べてくれたのが、いまの奥さんだという。

「僕の家の近所にあった画材屋の店主で、小さな店ですが、他にはないこだわりの品を置いていて、よく通っていたんです。だんだんとすさんでいく僕を間近で見ていて、あれこれと世話を焼いてくれました」

その頃は画材を買うお金にも事欠いていたそうだが、近所だけによく通りかかる。そのたびに声をかけ、お茶をふるまい、作り過ぎたからとお惣菜を分けてくれたのが、いまの奥さんだった。

きっと仕事柄、プロ・アマを問わず、たくさんの画家を見てきて、だからこそ落ち込んでいた伊織さんの気持ちに、寄り添うことができたんだろう。

晴子さんから連絡が来てから、ちょうど一年後に再婚したという。

「立ち直れたのもまた、いまの妻のおかげです。別の方向で、絵を続けてみてはどうかと勧められて、絵画教室を始めました。子供からお年寄りまで色んな生徒がいて、彼らから描く楽しさを、教わったように思います」

描くことは、描き続けることは苦しい。高校の美術部員に過ぎない僕ですら知っている。作品を一枚仕上げるためには、迷ったり困ったり腹を立てたり、色んな感情と戦う羽目になる。周囲の評価がなければなおさら、いったい何のために描いているのかと、底なし沼のような状態に陥《おちい》る。

まわりにある才能とか個性とか可能性が眩《まぶ》し過ぎて、自分の足許の地面が、ゆっくりと沈んでいくような感覚だ。

職業にしていると、逃げ場がないぶんよけいに辛い。でも伊織さんは、教室の生徒たちを通して、大事なことに気づいた。

「描く楽しさは、上手い下手には関わりない。実に個人的な感情で、その人だけの喜びです。絵を志した頃の自分も同じだったと、思い出しました」

不思議なことに、その頃から絵が売れ始め、大企業の会長のような顧客もついた。画家と絵画教室の二足の草鞋《わらじ》で忙しく、十年はあっという間に過ぎたが、晴子さんの訃報を知って愕然《がくぜん》としたという。

「背を向けたまま、彼女を逝かせてしまった……詫びる言葉すらありませんが、晴子はさぞかし恨んでいることでしょう」

「いや、晴さんは最後まで、家族でいた頃の思い出を大事にしていたよ。その証しが、ここにある」

絵の入った箱は、それまでソファーの傍らに立てかけてあった。祖母はそれをテーブルに載せ、蓋を開けた。

「これは……！」

縦に裂かれた大きな傷を見て、まるで自分が切りつけられでもしたように、伊織さんが愕然とする。

「この傷は、晴子が……？　晴子はやっぱり、私を怨んで……」

「いいや、この大きな傷は、晴さんの死後についたものだ。絵を運び出すときに、ちょっとした事故が起きたそうでね」

「そうですか、事故で……」

伊織さんが、安堵の息を吐く。嘘も方便とは、こういうときの言葉だろう。

「あたしがききたいのは、この絵についた、もうひとつの傷の方でね」

と、祖母は、絵をひっくり返して、キャンバスの裏側に貼ってあるパッチを示す。

「ここに、修復の跡があるだろ？」

「あれ、本当だ」

初めてパッチを見た奉介おじさんは、少し驚いた顔をしたが、伊織さんは逆に、懐かしそうに深い笑みを浮かべた。

「この小さな傷をつけたのは、娘の知佐子です」

その瞬間、居間と和室を隔てた襖が、かすかに揺れたような気がした。

「背景のひまわりの絵具が剝がれていて、修復するつもりでアトリエ部屋に運んだんです」

晴子さんはパートに出ていて、アパートには伊織さんと知佐子さんだけだった。

絵をキャンバス台に据えて、パレットナイフでひまわりと同じ色の絵具を練り上げ、いざ描こうとしたとき来客があった。

「荷物が届いたんですが、配達先を間違っていて、裏のアパートの住人宛でした。そのせいで少し手間取って、戻ろうとしたときに奥から大きな音がして」

慌てて駆けつけると、アトリエ部屋は目も当てられない状態になっていた。キャンバス台も椅子も倒れて、黄色い絵具が派手に飛び散っていた。そしてその真ん中で呆然としていたのは、幼い知佐子さんだった。

「手には黄色い絵具のついた、パレットナイフをしっかりと握っていて……たぶん私の真似をして、色を塗るつもりだったんでしょう」

パレットナイフを手に椅子によじ上り、絵に向かって懸命に手を伸ばしたのだろう。椅子が傾いて前につんのめり、キャンバスや台ごと倒れてしまった。その拍子にパレットナイフが絵に当たったようで、かぎ裂きのような傷ができたというわけだ。

「娘が火のついたように泣き出して慌てましたが、怪我をしてないことを確かめて安堵しました。まだ三歳でしたから、知佐子は覚えていないでしょう」

「こちらの傷は、そういうわけでしたか……」

奉介おじさんが、安堵の交じったため息をついた。

「修復した絵を見て、晴子が言ったんです。これは親子三人の合作だねって。晴子をモデルに私が描いて、娘がサインを入れた。初めての合作だと、そう言って……」

そのときのことを思い出したのか、伊織さんの目に涙が滲んだ。

この絵はまさに、家族三人の幸せの象徴で、晴子さんは生涯大事にした。

その気持ちを伊織さんに伝えたくて、この絵を渡してほしいと、知佐子さんに頼んだんだ。

知佐子さんはそれを知らず、衝動的に絵を台無しにしてしまった。

それでも、まだ遅くない。だって伊織さんと知佐子さんは、いまここにいるのだから。

「あとは直接、話をしておくれ。お膳立ては、整えておいたからさ」

襖の向こうから、すすり泣きがきこえた。お蔦さんが腰を上げ、襖を開ける。

「気が済んだかい？　あとは自分の口で、父親に伝えるんだね」

襖の向こうに座り込んだ知佐子さんが、顔を上げた。

「知佐子……知佐子なのか？」

「お父……さん……」

涙の跡がいくつもついた顔は、不思議と絵の少女の顔と、似ているように思えた。

白い食卓

千早茜

千早 茜（ちはや・あかね）

1979年北海道生まれ。2008年『魚神』で第21回小説すばる新人賞を受賞しデビュー。09年同書で第37回泉鏡花文学賞を、13年『あとかた』で第20回島清恋愛文学賞を、21年『透明な夜の香り』で第6回渡辺淳一文学賞を、23年『しろがねの葉』で第168回直木賞を受賞。著書に『男ともだち』『グリフィスの傷』『雷と走る』、エッセイ集に〈わるい食べもの〉シリーズなどがある。

その女は白い服を着ていた。

繊維の奥の奥まで漂白剤で抜き尽くしたような白さだった。純白とも真白《ましろ》とも違う、無垢《むく》さのない鮮烈な白さ。曇天《どんてん》の下でも、まるで濁《にご》らない。どこか威圧的ですらある、ああいう白色をなんというのだろうと思った。

退屈だったのだ。私の隣では、旧知のプロデューサーがくだけた口調で新しい脚本を頼んでいた。「昔みたいなヒット作を」「お前はまだまだいける」とわざとらしい熱っぽさで言いながら、裏では「あいつの書くものは年寄りにしか受けない。アップデートができてないからな」とほざいているのを知っている。馬鹿馬鹿しい。

一通り喋り終えると、プロデューサーは私の目線を追って下卑《げび》た笑いを浮かべた。

「どうした。お前が女性をちらちら見るなんてめずらしい」

目をすがめて白い服の女を眺めまわす。色の入った眼鏡のレンズが彼の軽薄さを際だたせていた。

「まあ確かに整ってはいるな。姿勢もいい。でも、あれはもう若くないだろ、三十半ばはいってるんじゃないか。年増《としま》が好みだったのか。おっと、こういうこと言うとまずいまずい」

プロデューサーが耳障りな笑い声をたてる。自分も五十過ぎだというのに、女性となると年齢で値踏みする。若者のようなスウェットパンツなんかを穿《は》きこなしていても、高級ブランドのごつい腕時計は外せない。私と同じく古い価値観を更新できない人間だ。ならば、いっそ取り繕わねばいい。

無駄だとわかってはいたが、「違う」と否定する。「えらく白いなと思って」

女の顔立ちなど見てはいなかった。ただ、服の白さに目がいっただけだ。そう説明しようとすると、「まもなくイルカショーがはじまります」という館内アナウンスに遮《さえぎ》られた。面倒になって口をつぐむ。子供連れの母親たちが去っていき、もともと人が少なかったテラスが我々と女だけになった。女はベンチに座ったまま微動だにしない。脇に小さなハンドバッグを抱え、横には四角い紙袋が置かれている。

「色白が好きなのか。声をかけてきてやろう」とプロデューサーが腰を浮かす。あちこち黒ずんだ木の床がみしりと鳴った。

「勝手にしろ。私は帰らせてもらう」

そう言って、先にベンチから立ちあがった。円形のテラスを横切り、女の横を通っていく。背後でプロデューサーがなにか言ったが、再び流れたイルカショーのアナウンスでかき消された。

館内で用を足して、出口へ向かった。珊瑚《さんご》やイソギンチャクの色鮮やかな水槽が並ぶ部屋を抜けて、回遊魚の部屋に入ると、天井まである水槽の前にさっきの女がいた。

白い服が海水の青を映して、ますます漂白めいた清潔さを放っている。

そうか、潔白だ。

この白さに相応《ふさわ》しい言葉は。

納得した次の瞬間、違和感を覚えた。何故《なぜ》この女は水槽に背を向けて立っているのか。まるで部屋に入ってくる誰かを待ち構えていたように。そもそも、ぐるりと水に囲まれたこの部屋は息苦しくて苦手だ。さっさと出よう。

足を速めた途端、女が「あの」と口をひらいた。ぎくりとする。さっきのプロデューサー、なにか言ったのではあるまいか。無視して通り過ぎようとすると、女は立ち塞がるようにして「お腹《なか》、すいていませんか」と言った。

「は?」と思わず反応してしまった。

「お腹、すいていませんか」

女は繰り返した。静かだがよく通る声だった。「お弁当です。召し上がりませんか」と両手で紙袋を差しだしてくる。中に風呂敷包みが見えた。

「これは、手作り?」

問うと、真顔で頷《うなず》く。「君ね」と、つい苛立《いらだ》った声がもれた。

「見ず知らずの人間の手作り弁当を食う人がいると思うかね」

部屋の中の幾人かがこちらを見た。女はばつの悪そうな素振《そぶ》りも見せず、「まず、いないでしょうね」と答えた。

魚影がよぎる。女の白い服の上をすべるようにして濃紺の魚が泳いでいく。

「失礼しました」

女はすっと頭を下げて、魚のようになめらかに背を向けた。ひとつに結んだ長い黒髪が流線を描く。

「待ちなさい」

そう口にしてしまったのは、何故だったのか。好奇心故《ゆえ》だったのだろうか。それとも、女のまとう服の色に似た、奇妙な清潔感のせいだったのか、今となっては思いだせない。ただ、「食べないとは言っていない」と告げた時の女の表情はよく覚えている。正しくは、その時に初めて女の顔を真正面から見た。

そこには高揚《こうよう》があった。どちらかといえば面長の、涼しげな顔立ちには似合わぬ、幼稚《ようち》なあどけなさも見え隠れしていた。一気に鼻白《はなじろ》み、「食べるとも言っていない。中を確認させてもらってからだ」と目を逸《そ》らした。

「構いません」と女は言った。彼女の胸の上を大きな魚の影が横切っていった。

円形のテラスに戻ると、女は私が先程までプロデューサーと座っていたベンチに腰かけた。

「君、まさかここにいた男にも手弁当を食わせようとしたのか」

女は「はい」となんでもないことのように頷く。「ご友人ですか」と問うてくる。

「違うよ、仕事相手だよ。もっとも最近は仕事などしていないけどな」

「水族館の関係者ですか？」

「いや、違う。人と会う時はこういう場所を指定するんだ」

「こういう場所、とは？」

人にあれこれ訊かれるのは不快だった。けれど、女の声が平坦なせいか、つい答えてしまう。

「入館料さえ払えば、食べも飲みもしなくても居られる場所だよ、私は会食というものが嫌いでね。仕事の話をしながら飲み食いなんかしたくない。おまけに、約束を取りつけると大抵の奴はすぐ店を予約するだろう。その日なにが食いたいかなんてわからないのに、予約なんてされたらたまったもんじゃない。かといって、そこらのいい加減な店には行きたくない。私はその日、その時に食いたいと思ったものを口にしたいんだ。だから、こういう、なにも口にしなくてもいい場所を指定する」

そこまで話して我に返った。なぜこんな怪しい女に語っているのか。

「私の話はいい。さっきの男には断られただろう」

「返事はいただけませんでした」

「黙殺か。あいつは二十代の美人にしか愛想良くしないよ」

嘲笑《あざわら》ったのに、女の表情は変わらなかった。「気味悪がられたんだろうな」と言っても
「そうでしょうね」と平然としている。

「どうしてこんなことをしている？」

問うと、女は「恋人が食べてくれないんです」と答えた。「わたしが作った食事を。お弁当も要らないと言うばかりで」

もし、惨《みじ》めたらしくうなだれていたなら興味を失っただろう。けれど、女はどこか楽しげに言った。

「餌付《えづ》けされるのが怖いのでしょうね」

薄く微笑《ほほえ》んでいる。雀《すずめ》が二羽、床に舞い降りて、彼女の周りで小刻みに跳ねた。女はよく、ここに来ているのかもしれない。

「君、それは傲慢《ごうまん》というものだよ。どれだけ腕に自信があるのか知らないが、星つきのシェフの料理だって毎日続けば飽きる。単に飽きられたか、君の作るものが不味《まず》いだけだろう」

「そうなのでしょうか」

揺るがない女の態度が鼻につき、「見せてみろ」と女の膝《ひざ》の上の風呂敷包みをひったくる。風呂敷を解くと、よく使い込まれた曲げわっぱの弁当箱が現れた。蓋《ふた》を取る。

「はらこ飯《めし》か」

分厚い桃色の鮭《さけ》の切り身とつやつやとしたイクラがみっしりと詰まっていた。端の方に菊花とほうれん草の和《あ》え物《もの》と、なにか俵形の揚げ物が添えられている。「山芋を海苔《のり》と湯葉で巻いて揚げたものです」と女が言った。

「天然の秋鮭です。イクラはわたしが漬けました」

粒のひとつひとつに透明感と張りがあった。ころころと舌の上で転がして、ぷつりと歯で潰す感触を想像する。玉子焼きとウインナーといったありふれた素人《しろうと》弁当だと思っていた。イクラの艶《つや》やかさに面食らい、だらしなくあいた口を慌てて結ぶ。

しかし、女は私の表情を窺《うかが》ったりはしていなかった。一流の料理人のようにまっすぐ背筋を伸ばして評価を待っている。

「言ったはずだ。私はその日、その時に食べたいと思ったものしか口にしないと」

女は、心得ています、とでもいうように静かに頷いた。

「君の恋人の気持ちはわかるよ。手の込んだ料理は重いんだよ。それに、あんな風に腹がへっているかなんて訊くものじゃない。大の大人にさ。君、恋人の顔を見れば飯のことを言っているんじゃないのか。母親みたいで辟易《へきえき》してくるんだろうさ」

「日々の食事は」と女が遮った。「血肉となり、生命の維持に欠かせないものです。それを委ねてくれることが愛だと思うのですが」

「だから、それが重いんだよ。愛とかさ。食事と気持ちは別物だ。そんなに誰かに飯を作りたいなら仕事にしたらいい」

「わたしは日々の食事が作りたいのです。店を持っても毎日三食通ってくれるお客さんはいないでしょう」

「いや」

女が私を見た。私は膝に弁当箱をのせたまま言った。

「近所にいい店があった。カウンターに座ると、桐箱にその日に仕入れた野菜や魚や肉をぎっしり詰めて、目の前に並べてくれるんだ。大間《おおま》の鮪《まぐろ》が入りましたよ、この白茄子《しろなす》は甘いです、なんて、一応お勧めは教えてくれるが、この鰤《ぶり》を塩焼きで食いたい、と言えばそのままやってくれる。そこのイクラ漬けが旨《うま》くてね。松茸《まつたけ》の土鍋ご飯に三つ葉と一緒にたっぷりのっけてくれたな。ご飯に使った松茸の残りはフライにしてくれてさ、そこに酢橘《すだち》を絞るんだ。この季節はワタごと入れた秋刀魚《さんま》の春巻きも良かった。朝からやっていたら、三食通っただろうな」

「そのお店は？」

「去年、閉まったんだ」

「では」と女が言った。「わたしが作りましょうか。その日、あなたが食べたいものを」

鼻で笑ってやった。女はじっと返事を待っている。弁当箱に視線を落とす。雲間が晴れて、陽光に輝くイクラが無数の眼に見えた。

結論から言うと、私はその弁当を食べた。

そして、女の提案も受け入れた。少しでも気に障ることをしたら、すぐに首にすればいいだけだと思った。

私がすべて平らげてしまうと、女は弁当箱を受け取り、丁寧《ていねい》な手つきで風呂敷を包みなおした。もう用は済んだというように立ちあがる。「もうすぐ給餌《きゅうじ》の時間なので失礼します」と軽く礼をする。

「給餌？」

「水族館のです。好きなんですよ、餌《えさ》をやっているのを眺めるのが」

曖昧《あいまい》に相槌《あいづち》を打った。女の趣味に興味はないし、知りたくもなかった。

「この水族館、変わってて面白いんですよね。近海の部屋はご覧になりました？　学名の下に調理方法や味の感想まで書いてあるんですよ」

「鑑賞用の魚なんて食う気にならんね」

「わかりました」と女は言った。去っていく姿勢の良い後ろ姿はやはり清潔で、それ故に周りから浮いて見えた。

女の名は、はくりといった。履歴書にも平仮名でそう書かれていた。名で呼ぶことなどないと思いながらも、妙に似合うその名が頭に残った。

はくりとは関係を持たずにいようと決めた。プライベートも知りたくなかった。私の健康を慮《おもんぱか》る必要もないと告げた。食事を作る人間が、女の気配を漂わせ、妻や母親のような顔になっていくのはまっぴらごめんだった。そのくせ、食事への評価を自分へのそれと思い込むのだ。離婚した妻のように。

「君との会話はただ食事のことだけでいい」

そう伝えると、はくりは簡潔に「わかりました」とだけ言った。

彼女は私の家の台所を自分が使いやすいように整え、私の要望のままに料理を作った。とはいえ、早朝から来られるのは鬱陶《うっとう》しかったので、昼食と夕食を週三回、頼んだ。最初はいくつか文句を言った。酢味噌《すみそ》の甘さや千切りの細さや皿の選び方といったことだった。けれど、はくりはすぐに私の好みを把握し、盛り付けも味の要所も外さなくなった。もともと、彼女の作るものは私の口に合った。それがなんとなく悔しく、連日レシピを指定したが、素直に従う。手がかかるものを頼んでも、疲れた顔も見せずに長い時間、台所で立ち働いている。給金を支払っているとはいえ、あまりに従順なので、試してみたい気持ちがわいた。

はくりは昼前の指定した時間きっかりにやってくると、玄関に立ったまま「本日はなにを召し上がりたいですか」と訊く。

その日、私は「オムライスを作ってくれ」と言った。「老舗《しにせ》の洋食屋ででてくるような、ボリュームのあるやつな」と、卵の半熟具合から、中のチキンライスの具材まで事細かに伝えた。

「かけるソースはケチャップではなく、生のトマトを使ったものにしてくれ」

それまでそんな子供じみた料理は頼んだことがなかったから、怪訝《けげん》な顔をするかと思ったが、玄関先で聴いていたはくりはいつもの表情で「はい、わかりました」と答えた。

「買い物に行ってきます」ときびすを返す。「待て待て、サラダもつけてくれ」と付け足し、駅前のデパートでしか買えないドレッシングを指定した。

はくりが出ていくと、私は駅と反対方向にある蕎麦屋《そばや》へ行って昼食を済ませた。はくりは戻ってくると、私に言われたままにこんもりとしたオムライスを作り、赤いソースをかけた。ソファで本を読む私に「出来ました」と声をかけてくる。立ちあがり、テーブルまで行って一瞥《いちべつ》し、「気が変わった」と言った。「そろそろ芹《せり》の季節だろう。芹蕎麦が食いたくなった」と、ずっしりと重い皿を突き返す。

「召し上がりませんか」

「ああ、食べない」

はくりは「わかりました」とだけ言った。落胆や徒労の色を探したが見つからなかった。元妻のように憮然とした顔もしなかった。食べる食べないは私の自由なのにあんな顔をされるのが心底嫌だった。はくりは静かに私の手から皿を受け取った。

「しばらくお待ちください」

はくりは湯気のたつ料理を持ったまま台所に戻ると、ゴミ箱の上で皿をひっくり返した。横目で窺っていた私は、思わず「捨てるのか！」と叫んでしまった。はくりは小首を傾《かし》げて「召し上がらないとおっしゃったので」と言った。当てつけめいた響きはなかった。丁寧に作った料理を平然と生ゴミにして、薄く微笑んですらいる。その躊躇《ため ら》いの無さが少し怖かった。

「君が食べたらいいだろう」

そう言うと、「どうしてですか？」と心底、不思議そうな顔をした。「あなたに作ったものですのに」

ゴミ箱の中で黄色い塊《かたまり》がひしゃげていた。裂けめから半熟の卵液《らんえき》がとろとろと流れだし、バターの香りの湯気が柔らかく立ちのぼっていく。飛び散ったトマトソースは鮮血のようだった。はくりは目もくれない。エプロンを外し、「買い物へ行ってきます」と玄関に向かっていく。

やはり少しおかしい女なのだと思った。

それからは、より細かに要望を伝えるようになった。はくりは来る前に八百屋や魚屋を覗《のぞ》き、「蕗《ふき》の薹《とう》がでていましたよ」とか「香箱蟹《こうばこがに》が解禁されました」と玄関で報告するようになった。「天麩羅《てんぷら》にしてくれ。蕗の薹味噌も仕込んで欲しい」と返すと「わかりました」と買いに戻る。「蟹は面倒だ」と言うと「身をほじる器具を買ってもいいですか、わたしがやります」と事も無げに答える。

調理機器はどんどん増えた。冷蔵庫の容量が三百リットル台から六百リットル台に増え、はくりが来るのも週三回から五回になった。彼女は根気強く、礼儀正しく、落ち度がなかった。けれど、どこか冷やかで、私との距離を縮めようとすることもなかった。

一年が経つ頃、はくりは離れに住み込むようになった。元妻と暮らしていた時に、私の仕事場として使っていた離れだった。簡単な調理ができるカウンターキッチンと小さなユニットバスがついている。はくりはそこで暮らし、朝昼晩と私の食事の支度をし、空《あ》いた時間は梅干しや新生姜《しんしょうが》を漬けたり、果物を煮てジャムやシロップを拵《こしら》えたりした。保存食に関しては私の指示ではなかったが、市販のものより舌に合ったので好きにさせておいた。

はくりは週に一度休みを取った。出かけているのか、いないのか、彼女が休みの日は台所はひっそりと暗く、離れもしんと静まり返っていた。台所は流しもコンロも磨《みが》きあげられ、調味料も食器も所定の位置に納まり、冷蔵庫の中に生鮮品はひとつもなかった。そこはもう私の台所ではなかった。空腹に駆られて「なにか食えるものを残しておけ！　冷蔵庫が空《から》っぽだぞ！」と電話すると、「なにか、とはなんでしょう」と涼しい声が返ってくる。

「その日、食べたいものを口にしたいとおっしゃっていたので傷《いた》むものは処分しています」

いまから行きましょうか、と言うはくりに「いい！」と怒鳴りつけて電話を切り、外食で済まそうとするが、どんなに旬のものを扱う店に行っても、はくりがどんなに時間をかけても作れない美味を食しても、舌が、身体《からだ》が、違うと訴えてくる。これはお前のために作られた食事ではない、と。

次第に、はくりの休みの前日は作り置きを頼むようになっていった。打ち合わせも家でするようになった。

籠《かご》に盛られた菜を箸《はし》でつつきながら、「なんだか日本昔話めいているよね、君らは」とくだんの旧知のプロデューサーは笑った。

「はくりさん、本当は鶴か狐なんじゃないの、罠にかかって助けられて恩返しにきた。じゃなきゃ、こんな偏屈な男に甲斐甲斐しくできないでしょう」

「ちゃんとお給料はいただいていますので」と、はくりが微笑む。

彼ははくりを水族館にいた女だと気づいていないようだった。馴れ馴れしく名前で呼び、そら豆ご飯をかき込みながら「このちっこい筍《たけのこ》の山椒煮《さんしょうに》、うまいねえ。貝柱と三つ葉のかき揚げなんて最高。スナップえんどうの酢味噌和えも無花果《いちじく》の白和えも、俺、和え物ってちょっと苦手だったんだけど食えるし。この和風ポタージュみたいな汁物はなに？」と、とめどなく訊いている。

「その細い筍は姫竹《ひめたけ》ですね。汁物はレタスのすりながしです」

「レタスってポタージュにできるんだ！」

「すりながしだって言っているだろう」

口を挟むと、プロデューサーは「いや、でも、はくりさんが来てからこの男は変わったよ。相変わらず苦虫を嚙《か》み潰したような顔はしているけど、脚本講座の講師ばっかりしていたのに、ちゃんと脚本を書いてくれるようになったから！　原作ありのものも嫌々引き受けてくれるようになったしね」と箸を振りまわした。たんたんと食事を作るはくりを見ているうちに、自分も依頼をうまく料理してやろうという気分になったのだ。

「気まぐれだ」と短く言う。その気まぐれが続いている。

「やっぱり、飯がうまいと人間は丸くなるんだな」と、プロデューサーは雑にまとめ、また料理を褒《ほ》めた。

はくりは「ありがとうございます」と微笑むばかりだ。そういえば、私は彼女に「美味《お》しい」と言ったことがない。はくりも私に料理の感想は訊いてこない。私は改善して欲しいことだけを伝え、彼女はそれに従うだけだ。

はくりが台所に消えると、プロデューサーはしつこく関係を訊いてきた。

「ただの雇用関係だよ」と答える。「何度言わせるんだ」

「お前はそうかもしれないけどさ」と彼は粘着質な笑いを浮かべる。

「それは私には関係ない。もう仕事の話も済んだ。食い終わったら帰ってくれ」

「あーはいはい」とプロデューサーはわざとらしく肩をすくめた。

ほどなくして、焙《ほう》じ茶《ちゃ》の香りを漂わせながらはくりが戻ってきた。湯吞みとシャインマスカットが数粒のったガラス皿を置いていく。淡い緑色に透けるシャインマスカットに、黒文《くろも》字《じ》を刺したプロデューサーが「あれ」と声をだした。「これ、皮、剝《む》いてあるね」

「口触りが悪いだろう」

「皮ごと食べられる葡《ぶ》萄《どう》の皮を剝かせてんの？　いつも？」と大仰に目をみひらく。

「もちろんだ」

そう言うと、「愛情がなきゃこんなに尽くせないって」と、またにやにやされた。「ねえ、はくりさん！」と台所の方へ大声をだす。はくりは顔だけだして、小さく会釈《えしやく》した。

六年が過ぎた。最初の二年で増加した体重は元に戻り、むしろ胴回りは以前よりすっきりとした。食べたいものを食べているのに身体は軽く、調子が良かった。夜もよく眠れ、執筆にも集中できたおかげか、手がけた映画で脚本賞ももらった。私が数日家を空けても、急に夕食は要らないと連絡しても、はくりは文句のひとつも言わなかった。彼女と私の関係は変わらず、私は週一度の休日に彼女がなにをしているのか、出会った頃に話していた恋人とはどうなったのか、過去のことも先のことも訊いたことはなかった。

けれど、気にかかることはあった。恐らく彼女は四十を過ぎたはずだ。このままずっと住み込みで私の食事を作り続けるとは考えにくい。かといって、急に家庭ができたとか、親の介護をしなくてはいけなくなったとか、個人的な理由で去られるのも困る。奇妙な女だが、邪魔にはならないし、彼女に代わる者はいないように思われた。

「もし当てがないのなら、入籍してやってもいい」

夕食の後、そう告げると、はくりは数回瞬《まばた》きをして、「なんのためでしょう」と言った。

かっとなり、「安心したくはないのか」と声を荒らげてしまう。「安心ですか……」とはくりは呟《つぶや》き、「入籍がなんの安心になるのでしょうか」とまた訊き返してきた。苛々《いらいら》して「もういい」と遮る。

「ご心配なさらなくても、わたしはずっとあなたに料理を作りますよ」

ますます神経を逆撫でするようなことを言う。

「私は心配などしていない！　思いあがるな！」

怒鳴ると、はくりは「わかりました」と頷き、空になった皿を下げた。皿を洗うひそやかな水音を聞いていると、またむらむらと怒りがわいてきた。せっかくこっちが気を遣ってやったというのに。

はくりの背後に立つ。束ねられた髪の下に細くて白い首筋が見えた。私の影がはくりの手元にかかり、彼女が顔をあげる。

「君は私のことを慕っているのだろう」

はくりの手が止まった。私を見上げ、「いいえ」と首を振る。「わたしにはそういった感情はありません」

「嘘を言うな。じゃあ、なぜ私に料理を作る。面倒なことを言う私に」

「あなたが私の料理を食べてくれるからです」

彼女は迷いなく言った。まっすぐな目だった。出会った時に彼女が着ていた、漂白されたような白がよぎった。

ふいに憎しみが込みあげて、彼女の腕を摑んだ。食器が割れた耳障りな音が響き、洗剤の泡が飛び散った。抵抗されたので、怒鳴りつけ、ずるずると寝室の方へと引きずっていく。

「食事と気持ちは別物だと、言ったのはあなたです！」

初めて聞く大きな声だった。手を離すと、はくりは廊下に倒れた。すぐに起きあがり、エプロンをつけたまま出ていった。


次の日、はくりは来なかった。その次の日も、またその次の日も。電話を鳴らすと、離れから着信音が響いた。携帯電話が残されていて、はくりはいなかった。生活の跡がくっきりと残る部屋は無人で、荒れた様子はなかったが、なにがなくなってなにが残されているのか、彼女が暮らしだしてから一度も入っていなかった私には判然としなかった。

離れの簡易キッチンには林檎《りんご》と蜜柑《みかん》が入ったボウルだけがあった。思えば、彼女がものを食べている姿は見たことがなかった。それ故か、残された果物はオブジェめいて見えた。林檎はゆっくりと萎《しな》びていき、蜜柑にはカビが生えた。ここ何年も蜜柑の皮すら剝いてなかったことに気がついた。私の家の食材も腐敗していった。食べ物を捨てるのは嫌な気分だった。

店屋物もコンビニの食べ物も味が異様に濃く感じた。強い酒で流し込むようにして食べた。

一ヶ月経った頃、ふと思いたち、水族館へ行ってみた。館内を一周しても、はくりの姿はなかった。改装され、植物が増えたテラスのベンチに座って、閉館まで過ごした。

次の日も行った。その次の日も、翌週も。十日以上は通った。ある日、手洗いを出ると、見慣れた後ろ姿を見かけた。長い髪を束ねて姿勢良く歩いている。確かに、はくりだった。はくりは回遊魚の部屋へ向かっていく。慌てて追いかける。

回遊魚の部屋に入ると、目が合った。水槽を背にして、はくりが立っている。初めて会った時のように。唾《つば》を呑むと喉がごきゅりと鳴った。

「君、急にいなくなられたら困るよ。責任感がなさすぎないか」

威圧的にならないように、なんとか笑おうとした。「責任」と、はくりが繰り返す。

「そうだよ」

一歩近づくと、そこまで、というように、はくりが身をひいた。海水の青色に染まった顔は、血が通っていないように冷たく見えた。

「わたしはなんの責任も負っていません。楽しいからやっていただけです」

「じゃあ、続けたらいいだろう」

はくりは少し首を傾げた。

「なにか食べました？」

一瞬なにを言っているのかわからなくなる。はくりはまた口をひらいた。

「わたしが作ったもの以外、食べました？」

私たちの周りをぐるぐると魚が泳いでいく。凄い速さで。

「当たり前だろう！　何日経ったと思っている！」

叫んでいた。近くにいた若いカップルがあからさまに嫌悪の表情を浮かべる。うわヤバ、という囁《ささや》き声が聞こえた。モラハラじゃん、と男側が舌打ちする。「うるさい！」と怒鳴った。

「こちらに」と、はくりが静かな声で言った。先にたって部屋を出ていく。新しくできた海のトンネルを通り、薄暗い部屋へと入っていく。

「給餌の時間なんです。静かにしてくださいね」

そう言って、はくりが指したのは、一メートル四方くらいの水槽だった。中はもっと広いようでダイビングスーツを着てシュノーケルをつけた人間が入っていた。水槽に沈んだ土管に手を伸ばす。桃色の魚肉ソーセージらしきものを手に持っていた。なにか言おうとすると、小学校低学年くらいの男の子がシッと口の前に指を立てた。はくりも息を殺して眺めている。水の中で魚肉ソーセージが緩慢《かんまん》に揺れた。

土管からぬうっと長い生き物が顔をだした。まだらのウツボだった。獰猛《どうもう》そうで感情のない眼をしていた。ひらいた口からぎざぎざの歯が覗き、動いたと思ったら魚肉ソーセージを嚙み千切っていた。ほとんど咀嚼《そしやく》せずに呑み込む。また、嚙み千切る。

魚肉ソーセージの桃色が生々しくて吐き気が込みあげた。朝からなにも食べていないせいかもしれない。

はくりを窺うと、子供のように高揚した顔をしていた。いつぞや、こんな表情を見たことがある気がしたが、思いだせなかった。

ウツボはあっという間に魚肉ソーセージを平らげ、見物人もいなくなった。薄暗い陰気な部屋に二人きりになると、はくりは言った。

「ここの生き物はみんな、餌をもらえないと死ぬんですよ」

「そりゃあそうだろう」

「でも、彼らはそのことに気がついていません。だから、媚《こ》びることもない。媚びるという感情もないのかもしれませんが。可愛いと思いませんか。生殺与奪《せいさつよだつ》の権を握られながら、なにも気づかず生きているなんて。わたし、彼らが餌を食べる時の無防備さが大好きなんです。でも、こんなこと、あなたは知る必要がなかった」

どくっどくっと心臓が鳴っていた。ここ数日、不整脈がひどい。身体も重い。

「日々の食事は、血肉となり、生命の維持に欠かせないものです。それを委ねてくれるってすごいことだと思いませんか。それが愛だと思うと、わたし初めに言いましたよね。食事を作ることがわたしの愛情だとは言っていません。わたしに命を委ねてくれることが愛なんです。わたしは誰かの生殺与奪の権を握りたいんです。欲しいのは婚姻届なんかじゃありません、命を差しだして欲しいんです」

「意味がわからない」

ようやくそれだけ言えた。「構いません」と彼女は微笑んだ。

「でも、あなたは間違ったものを提案しました。わたしの大切な食卓に」

「違う」と声をふり絞る。「私の食事だ。私のために作られたものなのだから」

「いいえ、違います」

いつもの静かな声が響いた。静かなはずなのに、わんわんと頭の中で鳴る。青く揺れる薄暗い部屋が歪《ゆが》んだ。溺れているように胸が苦しい。

「……人を呼んでくれないか」

膝が崩れ落ちる。助けを求めた手は空《くう》を切った。代わりに、声が降ってきた。

「この水族館を自分のものだと主張する魚がいたらおかしいでしょう。あなたは、尊大で贅《ぜい》沢《たく》な、なにより手のかかる愛玩物《あいがんぶつ》でしたよ」

水族館の床は奇妙に柔らかいのだな、と思った。それを最後に意識が途絶えた。

病院のベッドで目を覚ました。どこもかしこも白くて眩《まぶ》しいところを通ってきたような気がした。白い服を着た人々がやってきて、私の名を呼び、身体のあちこちを弄《いじ》られた。また眠りに落ち、目を覚ましてはまた眠った。

何度目の覚醒かはわからなかった。「起きたか」と旧知のプロデューサーの声がして、横を見ると、パイプ椅子にだらしなく腰かける彼の姿が見えた。

「急性心筋梗塞《しんきんこうそく》だってな。血管がどろどろなんだって？」

「医者に聞いた」と頭を掻いた。頭皮はべたべたとしていた。どれくらい風呂に入っていないのだろう。

「あの子は」と問うと、「はくりさんならお前が解雇したって言ってただろ」と怪訝な顔をされた。「ああ、そうだったな……」と頷く。見栄を張って周りにそう言いふらしたことをすっかり忘れていた。

「倒れたって報《しら》せを受けた時、毒でも盛られたのかと思ったよ」とプロデューサーがひき笑いをする。

「そうかもしれない」

答えると目を剝かれた。

「禁断症状のでる毒を、もしくは失望という毒を」

まあ、と居心地悪そうにプロデューサーが立ちあがる。「今後のことはまた。しばらくはゆっくり休め」と足早にドアへと向かう。ドア前で振り返り、「なにか食いたいもんはあるか」と問うてくる。

頭の中を探した。浮かぶのは、彼女が作った料理ばかりだった。「ない」と答える。

「なにもない」

「わかった」とだけ返して、プロデューサーは出ていった。

閉まったドアの風圧で窓辺の白いカーテンがわずかに揺れて、やがて静かになった。

メインディッシュを悪魔に

深緑野分

深緑野分（ふかみどり・のわき）

1983年神奈川県生まれ。2010年「オーブランの少女」が第7回ミステリーズ！新人賞に佳作入選、同作を表題作とした短編集を刊行しデビュー。19年『ベルリンは晴れているか』で第9回Twitter文学賞第1位に選ばれる。他の著書に『戦場のコックたち』『分かれ道ノストラダムス』『この本を盗む者は』『カミサマはそういない』『スタッフロール』『空想の海』がある。

近頃、そこかしこで料理人がアクシデントに見舞われているという。それも世界的な、名のある料理人ばかりがトラブルに遭うそうだ。

ただし、ほとんどはたいしたものではない。ニュースにはなっても、せいぜい薄っぺらなゴシップ誌の酔っ払ったセレブにまつわるスクープの後に、ひっそりと載っている程度のものだ。

ジュリエットもゴシップ誌を読んで、料理人たちが立て続けに見舞われている不運を知った。ランチタイム後の休憩中、ウェイター服のままロッカールームで煙草《たばこ》を吸おうとした新人のアルバイトを、「せめて外で吸いなさい！　着替えて！」と叱責《しっせき》し追い出した。慌《あわ》てる彼の手からライターと一緒にゴシップ誌が床に落ちた。それを拾い上げたら、たまたまそのページが開いていた——本当にたまたまだったか、後になって疑問を抱くことにはなるが。

そこにあった記事の内容はだいたいこんな感じだった。

〈世界的シェフのアラン・ゲラール氏、大きな尻がドラム缶にはまって一日動けず！　古き良き伝統のフランスの味を守り続けるパリのレストラン〝ゲラール〟のシェフは、12日、自宅の庭で尻がドラム缶にはまり、レスキュー隊が出動する事態になった〉

ページには、近所の野次馬がスマートフォンで撮影したらしい写真が載っていたが、薄着のサンタクロースが尻に青いドラム缶をはめておろおろしているようにしか見えず、ジュリエットはつい吹き出してしまった。記事によると、ゲラール氏はプールに入るつもりが、何かの手違いでドラム缶にはまってしまったのだという。そんな馬鹿な話あるかとジュリエットは顔をしかめた。

ゲラール氏のレストランには行ったことがある。一年前、ジュリエットはそろそろ自分の店も落ち着いた頃合いだと、仕事をスーシェフや他のスタッフに任せ、二週間ほどバカンスに出かけた。目的は美食の地巡り、その一環でレストラン〝ゲラール〟も訪れた。ジュリエットは一番良いコースを頼み、感動的な食事の後でウェイターを呼び止め、シェフと会いたい旨《むね》と、自分はニューヨークのシェフで店を持っていることを伝えた。

しかしゲラール氏は三十分待っても来なかった。他のテーブルでは挨拶に現れたのに、ジュリエットのテーブルには来なかった。「熟練のシェフが未熟な料理人のミーハー心を責めた」のであれば、多少は理解できたかもしれない。だが諦《あきら》めたジュリエットが会計を終えて店を出ようとした際、出口付近にいたスタッフが「Asiatiques」と呟《つぶや》いて笑った。フランス語は挨拶程度しかわからないが、「アジア」はわかる。彼女を嘲《あざけ》ったのはゲラール氏本人ではなかったが、これは子どもの態度から親の考えが透《す》けて見えることと同じだった。

　ゲラール氏がなぜプールとドラム缶を間違えたのかはわからないが、ジュリエットは小声で「ざまあみろ」と吐き捨て、その下の記事に視線を動かした。すると、トラブルに見舞われているのはゲラール氏だけではなく、世界各地で有名シェフが妙な出来事に見舞われている、と書かれていた。ミラノのシェフがオッソブーコを作るため鍋《なべ》に牛肉を入れ、ほんのつかの間目を離したところ、なぜか牛肉ではなく巨大なゴライアスガエルが鎮座ましましていたとか、ベルリン在住レバノン系移民の人気シェフが、ババガヌーシュに使う野菜を家庭菜園で採取するためレストランの中庭に行くと、コンクリートの舗装からラティス・フェンスから何から何までびっしりとナメクジがついていたとか。

　記事を読み終わったジュリエットは怪訝《けげん》に思って眉根《まゆね》を寄せたが、特に深くは考えず雑誌を閉じ、ゴシップ誌を落とし物入れに放った。ロッカーのドアを開け、備え付けの鏡で身だしなみを整える。黒髪を結い直し、切れ長の目の下にマスカラの黒い繊維《せんい》がこびりついているのを、中指の爪で慎重に取った。低くてつんと上向きの鼻は、自分は嫌いではないが、子どもの頃は「チャイニーズの鼻!」と、ろくでもない悪ガキにからかわれた。確かに曾《そう》祖母は中国人だが、祖父母は日本人で、両親とジュリエット自身の国籍はアメリカであり、アイデンティティはニューヨーカーだ。それに日本には行ったこともない!

　勢いよくロッカーのドアを閉め、くるりと踵《きびす》を返して店内に出る。

一流のシェフになってレストランの経営をすることは、ジュリエットの夢だった。もともと両親が食道楽で、インターネットのクチコミサイトが存在しなかった時代から、どこぞのレストランや食堂が美味《うま》いらしいという噂を聞いては、車に幼いジュリエットを乗せて遠くまで出かけ、様々な料理を堪能《たんのう》した。ジュリエットの味覚や嗅覚はみるみる育ち、それはある種の英才教育と言えた。

美味《おい》しい料理を食べていれば幸せだった子どもが、作る側に回ろうと思ったきっかけもまた、両親だった。いつの日からか、父と母の関係が悪化しはじめ、日に日に溝が広がり、険悪になっていった。ジュリエットはふたりをつなぎ止めたくて、料理をはじめた。十一歳になる頃にはもう、レストランへ行くために遠出することもなくなっていたが、それでも娘が四苦八苦しながら料理を作ると、ふたりは一緒に食卓を囲んでくれた。

しかし両親は結局別れる決断をし、高校入学直前だったジュリエットはさんざん泣いたが、その日のことは心の中の抽斗《ひきだし》に大切に仕舞っている。最悪なことも起きたけれど、同じ日に、不思議な奇跡に巡り会ったからだ。

奇妙な老人によるおかしな奇跡。驚くほど美味にできあがったビーフシチュー。誰も信じないだろうあの日のことは、ジュリエットだけの秘密だ。ともあれあの日のおかげで、ジュリエットは激戦区のマンハッタンで自分の店を構える、一流の料理人になった。

厨房《ちゅうぼう》に入ると、きりっとした清潔な漂白剤の香りの向こうに、柔らかく香《こう》ばしくふくよかな、パンの焼ける匂いがした。他にも、酢漬《すづ》けのキャベツがかすかに発酵《はっこう》している匂い、クミンやキャラウェイシードの鼻を刺激する匂い、こすれた金属の匂いなど、あらゆる匂いがジュリエットの前に現れた。ジュリエットは鼻がいい。どこか埃《ほこり》っぽい鹿肉の匂いも、きゅうりの青々しく、どことなく鉛筆の芯《しん》の匂いに似ているところも愛していたし、様々な匂いを調和させた料理を、もっと愛していた。シェフの冠《かんむり》を頂く時は、コンダクターの気分もまとう。あらゆる食材と料理人をオーケストラのごとくまとめていると、〝人生を愛している!〟と叫びたくなった。

「よし、今日もやるよ!」

料理人たちを鼓舞すると、彼ら彼女らは「はい、シェフ!」と答える。いい感じだ、ジュリエットは鼻の穴を膨《ふく》らませて満足げに息を吐いた。

しかし、必ずしも毎日良いことがあるわけではないのは、どんな人間も同じだ。

ジュリエットの店は、ニューヨークのマンハッタン島中部、セントラル・パーク付近の通り沿いにあった。とはいえ、ビルひとつ分を歩くのにも汗をかきそうな、巨大な建物が並ぶ摩天楼《まてんろう》の一等地ではない。彼女の小ぢんまりとした店は、セントラル・パークの西側、ハドソン川からの風を感じる緑の多い住宅街の一角にあった。客の入りは上々、先日無事オープンから五周年を迎え、クチコミサイトYelpの星も四・五以下になったことはない。

だがなぜかこの日は、ディナータイムの十七時から閉店まであと一時間となる二十二時に至るまで、客がひとりも来なかった。

真っ白いテーブルクロスをかけ、同じ素材のナプキンをつんと立たせたテーブル、六十人分の椅子が、ラスト・コールまであと三十分を切ってもただの一度も埋まらなかったのは、オープン以来はじめてのことだった。新鮮な鮑《あわび》の角切りをシャンパンで蒸したものも、山《さん》椒《しょう》とマリネした後で燻製《くんせい》にした鴨肉《かもにく》も、全部無駄になってしまう。

「何があったの？　まさか事件でも？」

「店のSNSは確認した？　もしかして知らないうちに炎上したのかも……」

ジュリエットはざわつくスタッフたちをスーシェフに任せ、エプロンを脱いで店を出た。裏口を開けて湿った路地から大通りに抜けると、人々はいつものように行き交い、何ら変わらず夜を楽しんでいた。他の店には通常どおり客が入っている。

自分がいない間に、ひと組、いやひとりでいいから客が来ていますようにという祈りもむなしく、ジュリエットが店に戻っても客はゼロだった。スタッフがSNSで店名を検索しまくったが、炎上した形跡は一切なく、レビューサイトも普段のままだ。ラスト・コールの二十二時三十分まであと五分を切った。

「……誰か来て。ノーゲストなんてあり得ない」

ジュリエットは五年の歳月に傷をつけたくなかった。努力を重ねて客を獲得し、嵐の日さえ誰かひとりはやって来たのに、こんなに突然、それも天候は良く、事故も事件もなく、穏やかな金曜の夜にノーゲストだなんて。

「誰でもいい」ジュリエットは呻《うめ》いた。「ああ神様。いいえ、悪魔でもいい。悪魔でもいいから来て」

その時、開きっぱなしのドアから風が吹き込んできた。顔を上げると、人影が入って来るところだった。女性だ。夜にもかかわらず赤いレンズのサングラスをかけ、マゼンタ・ピンクのハイネックのノースリーブ・セーターが目を惹く、美しい女性だ。ワイングラスの脚のようにスリムな黒のペンシルスカートがしなやかな体を包み、モデルのような背の高さを、折れそうなほど細いハイヒールがさらに引き立てていた。後ろの方で、自他共に認める軟派男のパティシエが、軽薄な口笛を吹くのが聞こえた。

女性はキャッツ・アイ形の赤いサングラスを取って微笑《ほほえ》み、ハイトーンかつ甘やかな声で言った。

「あら、営業してらっしゃらないの？　まだラスト・コール前だと思ったのですけれど」

ドア付近に立っていた案内係の男性スタッフははっと我に返り、慌てて彼女を客席へと案内した。それと同時に厨房もホールスタッフたちも、まるで止まっていた時間が急に動き出したかのように、あたふたと持ち場について働きはじめた。

ただ、ジュリエットの時間が動き出すのは、みんなよりも数テンポ遅れた。女性がジュリエットの前を通り過ぎざま、視線を送ってきたからだ。淡い灰色の瞳が美しくきらりと輝いて、ジュリエットはつい射すくめられたように息を止め、彼女の姿を目で追った。年は若いと言ってよさそうだったが、本当のところどうなのかわからない。二十代のように見えるが、三十代の如才《じょさい》なさや四十代の風格を纏《まと》っているし、丁寧な口調はむしろ六十代の老女だ。髪はまるでマリリン・モンローのような巻き毛のブロンドで、一歩間違えれば時代遅れになりかねないが、彼女の場合は蠱惑的《こわくてき》で、よく似合っていた。

彼女が通り過ぎた後の残り香は奇妙だった。ユリの甘い香りにクローブなどのスパイシーさが混じったその奥に、かすかな鼻につく匂いがした。そしてこの香りは、ジュリエットの心の奥底に潜んでいた懐かしい気持ちを甦《よみがえ》らせた。十四歳だったジュリエットを料理人にしたきっかけの、あの老人と似た匂いだ。まさか家族か何かだろうか。

たったひとりの女性客は窓際の最も良い席に案内されると、店で一番高いフルコースを注文し、厨房は休止中の冷えた炉《ろ》に赤々と燃える火が投げ込まれたごとく、フル稼働で動き出した。時計の針はラスト・コールの二十二時三十分を差し、案内係はドアを閉めた。

女性客は炭酸水にレモンを垂らしたものをチェイサー代わりに、料理のすべてを、ものの一時間で完食した。あまりにも食べるペースが早いので厨房が少し慌てたくらいだ。山椒マリネの燻製鴨のメインディッシュを、見蕩《みと》れるほど美しい所作《しょさ》で食べ終えると、彼女はナプキンで口元をそっと押さえながらジュリエットを呼んだ。

「デザートは遠慮しますわ。甘いものはあまり得意ではなくて……代わりにエスプレッソを下さる？　うんと濃いやつを、そう、コーヒーカップに四杯入れて」

ジュリエットは先日観《み》たイギリスのドラマに、エスプレッソを一気に六杯飲む悪魔がいたことを思い出し、大量のカフェインは胃に悪いと言いかけた。しかし注文は注文なので、後ろに控えていたウェイターに作るよう目配せし、彼はきびきびとした動きでエスプレッソを淹《い》れに行った。

客席にふたりになると、女性客は頬杖をついて小首を傾《かし》げ、ジュリエットを見上げた。

「金曜の夜なのに空《す》いてらっしゃるのね。とても美味しかったのに」

「ええ、ええ……まあ……」

ジュリエットはエプロンの前で結んだ結び目をいじり、なんとか適当に誤魔化そうと頭の中にある言い訳の抽斗を漁った。しかし、女性客の灰色の瞳に見つめられると、言わないはずだった正直な言葉がころりと出てきてしまった。

「あなたには感謝しなきゃ……今日のディナータイムはなぜかお客さんが誰も来なくて。あなたが来てくれなかったら、オープンから五年目で初の屈辱《くつじょく》を味わうところだった」

自分で口にしておきながらジュリエットは焦った。こんなことを打ち明けたら彼女は失望して店の評価を下げてしまうかもしれない。しかし女性客は薄く形の良い唇《くちびる》の端をくいっと持ち上げて、微笑み、思いがけないことを言った。

「それ、ちょっと心当たりがありますわ」

「え？」

何のことか瞬時にはわからなかったが、話の文脈からして「それ」はひとつしかあり得ない。

「今日のディナータイムにお客様が誰ひとり来なかった理由。もしかしたらそのせいかしらって、心当たりがあって」

「……どういうこと？」

ジュリエットはこの女性客のことを疑わしく思いはじめた。彼女は常連客ではない。ジュリエットの記憶が正しければ、はじめての客のはずだ。それにこのあたりでも見た覚えがない——ニューヨークの広大さときたら尋常ではないが、近隣に住んでいたり勤めていたりする人は把握《はあく》している。彼女は本当に何か心当たりがあるのか、それとも虚言癖《きょげんへき》で妄想に付き合わされているだけなのか、からかわれているのか。

困惑を見抜かれたのか、女性客は「私の名前はデイジー」と名乗り、とある著名人のサポートの仕事をしていると言った。その時ちょうど四杯分のエスプレッソが運ばれてきて、ジュリエットは一歩下がる。女性客は嬉しそうに、表面が泡立った漆黒《しっこく》の飲み物を飲み干すと、こう提案した。

「知りたかったら、教えて差し上げますわ。この後時間は？　外で待ち合わせましょう」

白いコックコートから私服のジーンズとネイビーのスウェットに着替え、結んでいた髪をほどいて外に出るまで、あの女性客が本当に自分を待っているのか、半信半疑だった。けれど裏口から表通りに行ってみると、デイジーは確かに入口の前にいて、コンパクトを片手に口紅を塗りながらジュリエットを待っていた。

「ごめんなさい、待たせて」

駆け寄って声をかけるとデイジーはにこりと笑い、「乗って下さい」と言った。彼女の前に漆黒の艶《つや》やかなリムジンが止まっていた。車体の長さは少なくとも通常の車の一・五倍はあり、そばには黒い手袋をはめたずんぐりした男が立って、後部のドアを開けて待っていた。

ジュリエットは困惑した。

「あの……」

「地下鉄にされます？　それとも店から店に移動するだけで半日歩くマンハッタンを徒歩で？　節制は美徳ですけど、今は必要ありませんわ」

ジュリエットは戸惑《とまど》いながらもリムジンに乗り、運転手がドアを閉める音を聞いた。けたたましいクラクションと渋滞《じゅうたい》が常のニューヨークの通りを、リムジンは魔法のようにすいすいと進んだ。窓の外を、屹立《きつりつ》する巨大ビル群の無数の光や、工事の無骨な足場に瞬《またた》く蛍光灯の白い光が、面白いほどなめらかに流れていく。

ジュリエットはふかふかのシートに尻を埋めつつ、リュックサックを抱きしめて緊張を保ち、デイジーから目を離さずにいた。訊きたいことは山ほどある。貴女《あなた》の雇い主は誰なのか、そしてその香水はどこのブランドのものなのか。しかしうまく言葉にできない。頭をかきむしるジュリエットを、デイジーは面白そうに見つめた。

それからものの五分も経たずに、リムジンはミッドタウンに着き、停車した。ジュリエットは車から降り、目の前の建物を見上げて深々とため息をついた。

壁は輝く滝を思わせる美しい波状のガラスのカーテンが覆い、上品なゴールドの照明で優雅に光っている。三つの入口にはカットされたオニキスのような漆黒の庇《ひさし》があり、中央の奥にはめらめらと炎が躍って、まるで闇の祝宴が密かに行われているかのようだった。ここは一日に数千ドル（数十万円）を支払えるクラスの人々が訪れる最上級の高級ホテルだと、すぐに理解した。スウェットにジーンズ、スニーカー姿のジュリエットは門前払いを喰らうかと思ったが、ドアマンもコンシェルジュも明るく微笑むだけで、咎《とが》められることはなかった。

デイジーは、セキュリティー・スタッフ以外に誰もいない特別な廊下を、慣れた様子で進んでいく。エレベーターは待つことなくすぐに扉を開け、ふたりは乗り込んだ。

「緊張してらっしゃるわね。ここに来るのははじめて？」

「もちろん……まるで天国か、地獄にいるみたい。最上階なら天国かも」

するとデイジーは「ふふっ」と楽しげに笑い、人差し指をぴっと立てて言った。

「上へ参ります……でも、上だからって天国とは限らない」

その時エレベーターは軽いベルの音を立てて止まり、滑《なめ》らかにドアが開いた。

次の瞬間、ここは客室以上の場所だとジュリエットは気づいた。ペントハウスだ。最近流行りのレジデンスありのホテルで、つまりこの部屋はこの豪奢《ごうしゃ》な建物の最上階すべてを使った住居、購入額は高級ホテルの宿泊料など比較にならないほど高額――それこそ数千万ドル（数十億円）はするだろう。

ジュリエットは頭や足の裏から汗が噴き出すのを感じた。こんなところに住めるのはセレブだ。デイジーは「著名人のサポートの仕事」と言っていたが、もし汚職にまみれた政治家や裏社会の大物だったら？　しかし、店に客を来させなくするなどという嫌がらせをされる覚えはまったくない。

ジュリエットはすっかり血の気の失せた顔で、一方のデイジーは鼻歌を歌いながら、二重の重苦しい扉を開いた。

一面ガラス張りの窓の向こうに、満天の星空よりも明るく輝く夜景が広がっている。二階建てのフロアは吹き抜けで、真っ白い階段が上へ続き、天井には美しいシャンデリアがあった。完璧なカッティングを施《ほどこ》されたクリスタルが、複雑で繊細な光を乱反射させている。しかしジュリエットはこの豪華さを堪能できなかった、なぜなら黒ずくめの男女が廊下や部屋の壁沿いにずらりと並び、ジュリエットに視線を浴びせかけていたからだ。

マフィアだ、絶対にマフィアだ。何がどうしてマフィアに目を付けられたのかまったくわからないけど、この先で自分を待っているのはマフィアだ。

足をもつれさせつつデイジーに引っ張られるようにして奥へ進むと、部屋に入る前から香っていた匂いが、さらに強くなった。ユリのような香りに、甘いバニラが加わる。そして芳香の霧の奥底に、この場所に似つかわしくない悪臭がかすかにあった。デイジーの匂い、すなわちあの時の老人と同じ匂いだ。しかしこの悪臭が何だったか思い出せない。

「こんばんは、ジュリエット。待っていたよ」

リビング・ルームにはいくつものソファがあり、ゆうに二十人は座れそうで、まわりには大勢の黒ずくめの男女がいたが、腰掛けているのはひとりだけだった。痩せた男で、ゆったり座っていてもかなりの長身だとわかるほど手足が長い。濃いワインレッドのスーツも中の黒いシャツも上質で光沢があり、無精髭《ぶしようひげ》を生やした顔は落ち着き払って、四十代か五十代に見える。

「ぼんやり突っ立ってないで、そこのソファに座ってくれ」

しかしジュリエットは見てしまった。この男の背後の壁に映った影だ。いくら長身とはいえ考えられないほど長く巨大で、しかもその頭部には、雄山羊《おやぎ》の太い二本の角が生え、悠然と弧を描いていた。驚きのあまりジュリエットは「ひっ」と息を飲んだ。後ろにいたデイジーがジュリエットの肩に手を置き、「座って、大丈夫だから」と耳元で囁《ささや》いた。

ジュリエットは震える足でソファに座った。何かのトリックで角が生えているように見えているだけだと思ったが、しかし男が上体を起こしてローテーブルからグラスを取り、琥珀《こはく》色《いろ》の液体を飲む間、角の影は男の動きに合わせて頭にあり続けた。その上、夜景だと思っていた小さな無数の光は無数の揺らめく火、ビルだと思っていたものは切り立った奇妙な形の岩の摩天楼だった。

そして思い出した、先ほどから鼻の奥をかすかに刺激し続けている匂いの正体を――硫黄《いおう》だ。すると男は嬉しそうに言った。

「君は観察力があるね、ジュリエット。そして素晴らしく柔軟だ」男は白く尖《とが》った歯を見せた。「僕がいったい誰なのか言ってごらん」

「あなたは」

ありえないことだとはわかっている。しかし今晩は妙なことが続きすぎていたし、この奇妙な香りが、ジュリエットの内側に潜《ひそ》む大胆さを掻《か》き立てていた。

「悪魔ね」

「もう一声」

ウインクして先を促《うなが》す男に、ジュリエットは両目を瞑《つむ》り、深く息を吐いた。

「悪魔の中でも……とても上等な存在。こんな最高級のペントハウスにいるんだもの」

咳払いをして目を開ける。声を出すうちに頭の冴えが戻り、やっと動揺が収まってきた。

「あなたはきっと、そうね、地獄の主《ぬし》サタンでしょ」

「正解」

照明が一気に暗くなって、ペントハウスのあらゆる場所から炎が噴き出し、どこからか絹を裂くような叫び声が響き渡った。天井と床がぐるりと回転し、ジュリエットはソファに座ったまま上から天井を見下ろす格好になった。悲鳴を上げなかったのは勇敢だからではなく、重力は変わらず頭に血が上らなかったおかげと、腰が抜けてそれどころではなかったからだ。

サタンはちらちらと燃える炎を背に天井に立ち、はらりと頬にかかったワンレングスの黒い前髪を細長い手でかきあげ、悠然とジュリエットを見上げている。

「これで君は僕が良いと言うまでこの部屋から出られない」

「なんで……どうして？　私は何かした？　サタンを怒らせるようなことを？」

「いや、怒ってないよ。むしろ君に会えて嬉しい」

そしてサタンは踵を返し、指をパチンと鳴らすと大股で部屋を横切った。するとジュリエットの座っているソファが、まるで遊園地のアトラクションのようながたついた動きでサタンの後を追った。リビングを出た先の部屋は天井と床が反転しておらず、ジュリエットは天井を滑《すべ》っている格好になった。

サタンがやってきたのはペントハウスのキッチンだった。中央に大理石でできたL字形の大きなカウンターと、ガスコンロがある。その後ろにシンクと蛇口《じゃぐち》の独立した作業台、壁には数多くの棚が並び、埋め込み型のガスオーブンが三台と、巨大な冷蔵庫、そしてワインセラーが備え付けられていた。

ジュリエットは上からキッチンを見下ろし、嫌そうに顔をしかめた。

「もしかして私にお抱えシェフになれって言ってる？」

するとサタンは笑った。

「残念だが違う。僕は多忙でね、地球にはせいぜい数日しかいられない。それに君ごときが僕の毎日の食事を作るなんて！　もう少し謙遜《けんそん》てものを学んだ方がいい」

「言い草！　悪かったわね私ごときが」

ジュリエットはすっかり腹を立て、相手が地獄を統《す》べる闇の王だなんてことはどうでもよくなった。

「それで？　そんな私ごときを呼びつけた理由は？　店に客が来なかったのもあんたのせいなんでしょ？　きっちり説明して」

「元気が出てきたな。良いことだ」

サタンが大理石のカウンターの上に腰掛けて長い脚を組むと、そばに控える男の手にどこからともなくワイングラスが現れた。中に血のように濃い液体がふつふつと沸き、そのグラスをサタンに手渡す。

「君に料理を作ってもらいたい。さっきも言ったように、毎日じゃない。たった一度きりのディナー、一回だけの食事だ」

「……なんで」

「別に深い理由はない。人間の食事を楽しみたいだけだ。君らは悪魔の大敵は神だと思ってるだろうが、悪魔の本当の大敵は〝退屈〟なんだよ」

「退屈を紛《まぎ》らわせるために人間の食事を食べるってこと？　どうして私に？」

サタンは片眉をあげてワイングラスを傾け、液体を口に含む。サタンがのどを上下させると、まるでワインが恐れているかのようにかすかに甲高《かんだか》い悲鳴が聞こえた気がした。

「君に限った話じゃない。実はもういろんな人間に料理を作ってもらっていてね。ミラノ料理、レバノン料理、中華料理にフランス料理。分子ガストロノミーとやらも試してみた。中には確かに美味いものもあって、褒美《ほうび》を取らせたよ。でもたいていはいまいちだ」

「つまり悪魔の道楽に付き合えってこと？」

「そのとおり！　僕のために至高の料理を作ってくれ」

「無料で？」

「出来高払いだ」

「いつ？」

「明日」

「明日⁉」

ジュリエットはあっけに取られて口をあんぐり開け、「信じられない」と呟いてソファから立った。しかしたちまち重力が頭にのしかかり、長い黒髪が逆さまに垂れ、血が上り赤くなった顔で悲鳴を上げた。その体をずっと後ろにいたデイジーが支え、「お座りになって」と囁く。「無茶なのはわかりますわ。でも成功した場合の報酬はなかなかですのよ」

デイジーの甘い香りは心地よく、サタンのそれよりはずっと落ち着く。ジュリエットは不安に瞳を揺らめかせながらもソファに座り直した。重力は元に戻り、逆立った髪も背中におさまった。

サタンの依頼は単純明快だった。明日の夜またペントハウスに来て、このキッチンでサタンの舌を満足させる食事を作ること、それだけだ。料理のジャンルは自由、制限時間は日付が変わるまで、料理人はジュリエットひとりきりで仲間を呼んではならない。食材や調理器具は持ち込んでもいいし、明日までに調達が難しければ悪魔の力で時空をねじ曲げ、用意してもいい。

ただし、うまくサタンを満足させられれば褒美が得られるが、失望させれば罰が待っている。どのような罰か訊いても「ちょっとしたいたずら程度だよ」と笑うだけ、ジュリエットは両腕を組んで顎《あご》を突き出し、精一杯虚勢を張った。

「じゃあもし断ったら？　あんたのための食事なんか作りたくない、って」

「断れないと思うよ、こっちの策はもうはじまってる。ついさっき店で経験しただろ」

ジュリエットの脳裏に空《から》っぽの客席がよぎり、強く歯嚙《はが》みした。

「あの状態がずっと続く。君が僕の依頼を受け、クリアするまで永遠にね。君は音《ね》を上げて神に祈るが、ご存じの通り神は何もしない。だから君は悪魔でもいいと口にする」

ジュリエットはデイジーが来る直前、誰でもいいから客がほしいと、「悪魔でもいいから来て」と口にしたのを思い出した。

「最初から仕組まれてたわけね」

「まあね。本当はもっと実際的な話だ。悪魔は呼ばれないと人間の前に姿を現すことができない。どっちみち君が悪魔を呼ぶような状況を作らなければならなかった」

だから仕方がない、とサタンは、無垢《むく》な子どものように悪びれもせず肩をすくめた。

サタンのそばに控えていた男の悪魔が一枚の書類を差し出してきた。ジュリエットは紙と、サタンと、そしてデイジーを見比べ、唾《つば》を飲み込もうとしたが、渇ききったのどは張り付き、なかなか飲み下せなかった。

気がつくと、ジュリエットはリュックサックを抱いた格好で店の前にいた。白い外装に赤いオーニング、毎日磨《みが》いている窓、その素朴さのすべてを愛していたが、あの超がつくほどの高級ホテルとペントハウスに比べれば格段に見劣《みおと》りはする。

あの場で、結局ジュリエットはサタンに頷《うなず》き、書類にサインするしかなかった。スマートフォンでスーシェフに連絡し、明日臨時休業にすると伝えると、彼は明らかに落胆していた。

今日稼げず明日も稼げなかったら……しかも日曜は定休日、三日連続で収入がゼロだ。しかしもしサタンの言うことを聞かなかったら、ゼロが帳簿に並び続け、一ヶ月もせずに干からびてしまうだろう。自分と店だけでなくスタッフの全員の生活が。

「……悪魔め」

リュックサックのポケットから鍵を出して、店のドアを解錠した。しかしドアを引こうとしたはずみでリュックサックを落とした。すると素早く影が動き、まるで小さな木が生えたような形に変化して、リュックサックを支えた。ふとあの香りがして、過去からやってきた奇跡の亡霊が再び助けてくれたような気がしたが、隣にいたのはデイジーだった。

その淡い灰色の瞳には奇妙な光が宿り、妖《あや》しく揺らいでいた。人間の瞳にはない光だ。ジュリエットは礼を言いかけて思い直し、影に支えられたリュックを無言で摑《つか》むと、改めてドアを引いた。するとデイジーが話しかけてきた。

「入ってもよろしいかしら？　悪魔は住民の許可を頂かないと屋内に入れないのです」

「……どうぞ」

大きくドアを開けてやると、デイジーは猫のようなしなやかさで店の中に入った。

客としてのデイジー――唯一来店してくれた客に対する感謝の気持ちは、とっくに霧散《むさん》していた。結局全部、標的を主人のもとに連れて行くための仕込みだったのだ。

「なぜついてきたの？」

感情を抑えたつもりが、思ったよりもつっけんどんな口調になってしまった。デイジーが答えずに暗い店の奥へと消えていくので、ジュリエットは舌打ちして照明のスイッチを入れた。デイジーは消えてはおらず、厨房のガラス張りの窓の前に立っていた。

「サタンは手強《てごわ》いですわ。私が協力します」

「へえ、悪魔が？　ご親切にどうも。こっちは明日が土曜日だってのに稼ぎを諦めて閉店しなきゃいけないの。あの男、本当に心の底から悪魔！」

「サタンは男ではありませんわ、今の貴女にはそう見えるだけで。女でもないですが」

デイジーは厨房のまわりをゆっくりと歩いて、カウンターに触れ、ガラス窓から中を覗き込んだ。

「貴女の言う問題は、サタンに勝てば万事解決。サタンの味覚と好みは複雑すぎて、私でもわかりません。けれど、これまで食べた料理にどんな反応をしたかは知っています」

デイジーは優雅な所作でくるりと回り、ジュリエットと向き合った。その表情は真面目どころか、むしろジュリエットを心配しているようにさえ見えた。ジュリエットは腹の底から深々とため息をついた。もう引き受けたのだ、今さら文句を言っても仕方がない。それにデイジーには裏があったとしても、今ある頼みの綱は彼女しかいないのだ。

「……わかった。じゃああなたに協力してもらう」

ジュリエットは一歩進んでデイジーと握手を交わした。これは悪魔との契約になるのか、教会で懺悔《ざんげ》した方がいいだろうかという考えは、とりあえず脇に置いておくことにした。

「まずサタンの好みですが、正解を想定してはダメですわ。サタンは自分の正解を予想して先回りされることが大嫌いで、受け狙いは敬意のなさと受け取ります。ミラノのシェフはそれで失敗してしまいました」

ミラノのシェフはサタンへのディナーに丸鶏を開いてグリルし辛口に味付けする鶏肉《ポロ・アッ》の小悪魔風《ラ・ディアボラ》を提供したが、庶民的な料理であることに加え、鶏料理はコースでは格下の扱いだ。しかし何よりサタンの逆鱗《げきりん》に触れたのは、なぜこの料理を選んだのかを問い詰めた際、ミラノのシェフが「うちの伝統なので作ったんです」と言い訳したことだという。

「その時サタンは叫んだのです。『この料理はイタリア中部の伝統であってミラノは北部だろうが！』って」

上品さを捨てたデイジーの物真似にジュリエットは思わず噴き出し、しばし笑い転げた。ミラノのシェフの安直さも滑稽《こっけい》だが、地獄の王がイタリアの地域別の伝統料理に通じていることがおかしかった。デイジー自身もにやりと笑っている。

「私もあの場にいましたけど、笑いを堪《こら》えるので精一杯でしたわ」

「ああ……でしょうね。そのシェフ、どんな罰を受けたの？」

「料理を作ろうとしたら、鍋の中の牛肉が巨大なゴライアスガエルに変わっていました」

「それって雑誌で読んだやつ！」

ゴシップ誌にあった、世界的な料理人たちが遭遇しているというトラブルだ。デイジーはさもありなんという顔で「ナメクジもカエルもこっちの眷属《けんぞく》ですから」と微笑み、他にもたくさんの料理人たちがサタンの罰に遭ったのだと言った。つまりジュリエットもサタンに料理を気に入られなければ、ナメクジか、カエルか、コウモリか、何かしらの眷属に襲われるというわけだ。嫌ではあるが、死ぬほどのものでもないらしい。

ふたりは仕事をはじめた。狭い事務所と厨房を二往復して、本棚から歴代のレシピ帳とメニュー検討ノート、それから刺激になりそうな資料などを持って来た。ついでにスタッフ用のコーヒーマシンで用意したブラックコーヒー二杯も。

資料や過去のレシピ類を手当たり次第に開いて、作業台に広げた。ジュリエットは考えごとをする時、ひとつひとつ順序立てて解決していくのではなく、あらゆる情報や考えるべき要素を一気に頭の中へ取り入れる。過去に食べたものの味、匂い、季節、流行、または逆行するもの、未知のもの――それらを大きく広いボウルの中に入れ、かき回して浮かせ、星でいっぱいの天球儀のようにしてから、組み合わせ、取捨選択し、星同士を繋いでいく。そしてアイデアが新しい星座となって立ち上がる。

そうやってできたものの中には、ラム肉をマンゴーチャツネ入りの手作りのケチャップに漬けてグリルし、香菜《こうさい》のソースを添えた料理や、トナカイ肉とザクロを合わせたグーラシュという、ドイツ料理なのか北欧料理なのかアゼルバイジャン料理なのかわからない料理など、国のジャンルを超えた料理もあった。ジュリエットの店の常連客は、一番上等なコースのころころ変わるメインディッシュを楽しんでいた。

しかしその特性がこの時ばかりは裏目に出て、カオスに陥《おちい》った。料理というよりもはやマッドサイエンティストによる実験のレシピだ。ジュリエットがまくしたてるアイデアを書き留めていたデイジーは、いったんノートを閉じた。

「ジュリエット、ストップですわ。貴女そのうちアフリカ象でも煮るんじゃなくて？　地獄《コル》の大釜《ドロン》ならいつでもお貸ししますけど」

デイジーの話では、食材を泡にしたり人工のイクラを作ったり、科学を使った奇抜な料理の代表格である分子ガストロノミーも、サタンは特に気に入ってはなかったらしい。

「じゃあこれまでで一番評価が高かった料理は何？」

「ふたつあります。ひとつはブルターニュ地方カンカルの料理人が作ったもので、牡蠣《かき》をハーブオイルとシャンパンで軽く蒸し、卵黄にウニを加えて温めた塩味のサバイヨン・ソースをかけ、レモンと黒胡椒《くろこしょう》で味を引き締めた素朴な料理でした」

「サバイヨン・オ・シャンパーニュの変化球ね……もうひとつは？」

「マックフライポテト」

ジュリエットは椅子から転げ落ちそうになりながらも踏みとどまり、「そりゃ確かに」と笑った。マクドナルドのフライドポテトの中毒性は悪魔的だし、ジュリエットも先週食べたばかりだった。

しかし牡蠣の方も奇抜ではなく、むしろ素朴である。その他の料理の評価を聞いても、サタンは純粋に自分の味覚に合ったものを選んでいるだけなのだとわかるばかりだった。こうなると、いよいよサタンとの相性次第ということになり、ジュリエットはますます考え込んでしまった。

　時計の針が三時を回ったところで、ジュリエットはついに音を上げた。

「もういつものフルコースで良くない？　何を出しても評価されない気がする」

デイジーは勝手にエスプレッソ・マシンを動かしている。マグを両手に持って戻ってくると、片方をジュリエットの前に置いた。中身は四杯分のエスプレッソだった。

「悪魔のおすすめは砂糖なし。頭が冴えますわ」

「頭は冴えても胃が死にそう」

　マグカップを傾け、四杯分のエスプレッソを味わってみる。苦くてとてもじゃないが飲みきれない。厨房にあった砂糖をしこたま入れてかき回し、向かいを窺《うかが》うと、デイジーは平然とした様子で四杯分の無糖のエスプレッソをぐいぐい飲んでいた。その人間と変わらない姿を見ていると、ふと疑問が湧いた。

「あなたって悪魔っぽくない。悪魔ってもっと邪悪で人の足を引っ張るものじゃないの？」

　するとデイジーはマグカップを持つ手をテーブルに下ろして、唇をぺろりと舐《な》めた。

「……そう見えます？」

「まあね。本当は私を堕落させようとしてるとか？」

ジュリエットはほんの軽口のつもりで言った。

「誘惑するつもりはありませんわ。ただ、責任を感じているだけです」

「責任？」

「貴女がサタンに指名された理由ですわ」

あ、とジュリエットは声を漏らした。メニューの考案に必死で、なぜサタンが自分を指名したのか、疑問を持つことを忘れていた。ジュリエットは腕がいいし、熱烈な常連客もそれなりにいるが、ニューヨーク一のシェフではない。トップ10にはどうにか入りたいと思っているけれど、現実には20番台、それも後半だろう。

「……ニューヨークの料理人って、他にも指名された人はいるの？」

「私の知る限り、ここ数年では貴女だけですわね」

困惑の表情を浮かべるジュリエットをデイジーはじっと見つめ、マグカップに残る口紅の痕に指を触れた。唇の形をしたピンクは瞬く間に跡形もなく消えた。

「じゃあなぜ？　地図にダーツを投げてたまたま刺さったのがこの店だったとか？」

「……私に言えるのは、貴女が料理人になろうと決めた日の出来事が関係しているということだけです」

デイジーが人差し指を振ると、マゼンタ・ピンクのもやが立ち上り、まるで映写機が投影するかのようにあの日の情景が映し出された。

当時ジュリエットは十四歳で、ニューヨークの高校に入学する直前だった。七月の暑い昼下がり、住んでいた築百年のアパートメントの一階で、玄関前の階段に座っていた。階段はひび割れ、雨粒の痕やいつか誰かが吐いた後などの経年のしみがついている。

ジュリエットの傍《かたわ》らには大きな牛肉の塊《かたまり》があった。生《なま》のままでビニール袋に入れられ、ハエがたかりはじめていた。これは前日にバーベキューで食べる予定だった肉だ。

その前日はアメリカの独立記念日で、家族で花火を見てバーベキューをするつもりだった。しかし父はいなくなっていた。花火の時間になっても戻らず、バーベキューにするはずだった肉は冷蔵庫の中に入りっぱなしで、どんどん固くなっていく。時計の針の音がいやに響く居間にいると、母が「実は今朝、父さんと母さんは離婚することに決めたの」と言った。

平年より暑い七月だった。階段に腰掛けたジュリエットは、止まれと命じても流れてくる涙をTシャツの肩口で拭《ぬぐ》った。少女は父の帰りを待ち続けていた。収まらない怒りを腹に抱えて、夜明けから昼下がりまでここに座り、暑さと日差しにやられ肉が腐るのを期待していた。腐ったら父にぶつけようと思っていた。

「そうしたら、きっと悪魔だって逃げ出すよ」

涙声でジュリエットが呟いたその時、風が吹いた。目の前にある街路樹、アキニレの木が梢《こずえ》を揺らし、ざわざわと葉擦《はず》れの音が鳴る。ふいにすぐそばで人の気配がした。

ひょろりと痩せた、背の高い老人がいた。木綿の白い上着とズボンを身に着けて、手足は長く、キューバハットをかぶっていた。老人はかぎ鼻をひくつかせ、ジュリエットの方を見た。

「なんで生肉を放置してる」

老人は階段の鉄の手すりに片手をかけてもたれかかり、ジュリエットの顔を覗き込んできた。瞳の色が薄く、小さな瞳孔がぽつんと点を打っていた。

「この暑いのに、あっという間に腐っちまうぞ。大事な食材をそんな目に遭わすな」

「……今は仕方ないの、いつもならちゃんと料理するよ。でも父さんに出てったことを後悔させたいの。昨日ごちそうになるはずだったのに、父さんのせいで腐っちゃったよって」

そう言い返すと老人は大笑いし、「なんて子どもじみてるんだ！」と叫んだ。

「いやはやまったく人間ときたら……腐った肉を見せたって改心なんかするもんか！　今日明日はまともな態度をとるかもしれないが、どうせ元に戻る」

腹立たしいが、確かに子どもじみた振る舞いだとジュリエットは理解していた。しかし自分の怒りと哀しみを父に伝えるには、他にどうすればよかったのだろうか。

「その肉を料理して食べなさい」老人は言った。「無意味な振る舞いをするよりずっといい。たとえ両親が食べなくとも君は食べろ。食事は血となり肉となり、君の力になる」

しかし洟《はな》を啜《すす》りつつビニール袋の中を見ると、生肉はすっかり日光と暑さにやられ、ハエは五匹ほどいて、ミルクが腐ったような臭いがし、表面は茶色っぽく変色している。

これはもうダメだ。ジュリエットが再び泣きそうな顔で首を振ると、老人は細長くしわだらけの人差し指を肉に突きつけた。そして奇跡が起きた。みるみるうちに牛肉の色が新鮮な赤とピンク色に変わり、異臭は消え、ハエたちも一匹残らず飛んでいった。驚いて老人を見ると、彼はもう街路に出て、歩いて行ってしまうところだった。

「ねえ、お礼を！」

慌てて呼びかけると、老人は振り返り「いつか料理人になってうまいものを食わせてくれ！」と大声で言って、どこかへ消えてしまった。

ジュリエットは新鮮な状態に戻った牛肉を使って季節外れのビーフシチューを作った。日没前に帰宅した父を無言で食卓へ引っ張って行き、家族全員で食べてみると、老人の魔法のおかげか肉は柔らかくシチューの味は極上だった。ふたりはほんの少しだが笑い、会話も穏やかだった。それでジュリエットは絶対に料理人になろうと心に誓ったのだった。

奇妙だったのは、食事を終えた後しばらく、ジュリエットの手から不思議な匂いが消えなかったことだ。芳《かぐわ》しい香りに混じって、かすかな悪臭が潜んでいた。しかしそれも翌日には消え、日が経つにつれ老人のことも肉のことも朧《おぼろ》げになった。だからこの不思議な出来事を心の奥にしまい、自分だけの大切な夢にした。

デイジーのマゼンタ・ピンクのもやが消える。記憶から目覚めたジュリエットはしばし天井を見上げた。あの悪臭。硫黄の匂い。間違いない。

「ねえデイジー、悪魔って変身できる？」

「変身というより、悪魔には肉体がないので、人間がどう見るかによると言いますか」

「つまり性別も年齢も関係ないってわけね。ついでに口調も」

デイジーは他にも何か言いたそうにしていたが、ジュリエットが意を決した様子で立ち上がり、厨房を出て行ったので、機会を逸《いっ》した。

一分も経たないうちに戻ってきた彼女の手には、オーギュスト・エスコフィエのレシピ帖『料理の手引き』がある。ジュリエットはその鈍器と見紛《みまが》うほど分厚い本を作業台の上で広げた。脇から覗き見していたデイジーがかすかに眉根を寄せた。

「なぜ今になってこんなベーシックなレシピ帖を？」

「原点に戻りたいから」

近代フランス料理の父と呼ばれるエスコフィエのレシピは、どんな料理人も持っているほどの基本中の基本だ。とはいえ彼のレシピは非常に難易度が高い。目的の料理を作るためにはあちこちのレシピに飛んで参照しなければならないし、何しろ本人が「シェフの王、王のシェフ」と称される腕前で、今なお世界で崇《あが》められている料理の賢人だ。そしてみんなここから自分なりのアレンジをするが、作りやすいよう簡略化したり、発想に任せて変わった道を切り開いたりするうちに、原点から離れてしまう。

柔軟さが信条のジュリエットは、古典だから良いとは思っていない。しかし今回は楽をしない丁寧な仕事が重要で、それには始祖への回帰が必須だと考えた。これがジュリエットの出した斬新で最良のアイデアだった。

「あの爺さんに私の料理を食べてもらう。まあビーフシチューに一番近いブフ・ア・ラ・ブルギニョンじゃあ郷土料理すぎるから、メインにふさわしいリソレにするけど」

「でも……ですが……貴女は老人の正体を？」

「わかってる。あれはサタンだった」


正午過ぎ、ジュリエットはデイジーと共に、サタンがいる高級ホテルの専用エレベーターで最上階へ上がった。コックコートに身を包み、髪をきっちりまとめあげたジュリエットは昨日とは打って変わって冷静そのもの、怯《おび》えの色はない。

ペントハウスに着くと黒ずくめの悪魔がドアを開け、中へ通された。窓の外に青空はなく、前回と同じく闇に炎が躍る地獄の夜景が広がっている。しかしここまでは落ち着き払っていたジュリエットは、奥のリビング・ルームに入るなり目を瞠《みは》る羽目になった。

長いソファに座っていたのは、横に並んだ成人三人分ほどの大きさの老婆だった。紫色のターバンから白いウェーブヘアが覗き、漆黒の美しいドレスを着ている。硬いクルミの殻《から》を思わせる顔に、小さな目がダイヤモンドのように光っていた。

「来たね。あたしゃ楽しみにしていたよ」

まるで別人に変わっていたが、その声は昨日聞いたサタンの声と同じだった。ジュリエットは一瞬たじろいだものの、〝人間が見たい姿に見える〟とのデイジーの言葉を思い出して、気を引き締めた。

「ご指名ありがとうございます。早速調理に取りかかります」

深く会釈《えしやく》をしてくるりと踵を返し、ジュリエットはデイジーを伴って厨房に入った。

今は手ぶらだが、店の厨房と冷蔵庫には食材がすべて揃っている。ジュリエットが目配せすると、デイジーは作業台に人差し指を向けた。銀色のステンレスに歪《ゆが》んだ空間の穴が開き、食材がみるみるうちに浮き上がって、あっという間に作業台が埋まる。魔術に怯まないよう、ジュリエットは両手の指を鳴らして大きく深呼吸し、「さあはじめよう」と呟いた。

良質なシャロレー牛のフィレ肉は、デイジーが時空を曲げてフランスから急遽《きゆうきよ》持って来たものだ。ついでに豚背脂《ぶたせあぶら》、仔牛の腿肉《ももにく》と胸腺肉《リドヴォ》、雄鶏《おんどり》のトサカと腎臓も取り寄せ、ここに転送させている。野菜類はできるだけ市場で自分の目で見て買った。

約百二十年前のエスコフィエのレシピには、今では絶滅危惧種の技術も記載されている。それらも含めてジュリエットは忠実に、丁寧に作ることに決めていた。豚背脂の塊を縦に細長く切り、厨房の棚奥に眠っていた器具ラルドワールに押し込め、牛フィレ肉の筋に直角になるよう刺していく――この調理法、ピケもそのひとつだ。

糸で縛ったフィレの表面を鉄のフライパンできっちり焼き目をつけ、香味野菜やにんじんを刻んで鉄鍋で炒めたミルポワに併《あわ》せる。溶かしバターを使ったブールフォンデュをかけ、そのまま蓋《ふた》をしてオーブンに入れ、休ませつつポアレにする。血抜きした雄鶏のトサカや仔牛の胸腺肉を茹《ゆ》で、鶏の腎臓はフォン・ブラン・ド・ヴォで煮る。数種類のフォン、出汁《だし》類はあらかじめ店の厨房で用意しておいたが、他の料理人が誰もいない状態ですべてを作るのはとても骨が折れた。久々に完全な徹夜をしたため、付け合わせのすり身《クネル》を作るために仔牛の腿肉をフードプロセッサーにかけている間、ほんの一瞬意識が飛んだ。

ここまで原点に立ち戻ったのは、ホテル・リッツのエスコフィエ・パリ料理学校の受講以来だった。早送りは一切許されない純粋な技術と忍耐力が試される調理は、煉瓦《れんが》をひとつずつ手で積み上げ、モルタルを練って、豪奢《ごうしゃ》な教会を作るかのような感覚がした。底力を鍛《きた》えられ、作れるようになる前と後では人生さえ変わったように思える。

晩餐《ばんさん》の支度《したく》は、デイジーが他の悪魔たちに手伝わせつつ整えてくれた。テーブルクロスもナプキンも地獄仕様なのか漆黒で、ナイフとフォーク、ナプキンリングは金で出来ていた。給仕は悪魔が担い、その所作は完璧だった。

三つ叉《また》の燭台《しょくだい》に赤い炎が揺らめく中、巨体の老婆となったサタンが席に着き、グラスにエルダーフラワーリキュールとシャンパンを併せた、マスカットの香りがする食前酒が注がれた。ジュリエットとサタンの勝負はこうしてはじまった。
アミューズはパプリカのムースで軽くかわいらしく、オードブルはさっぱりと鮑と帆立《ほたて》のゼリー寄せにした。スープは凝《こ》った。エスコフィエの原点に従った仔牛と牛の骨などを使ったコンソメ・ブラン・サンプルは、メニューを決めて即取りかかり、八時間煮込んで出汁を取った。そして細切れの野菜や牛肉、卵白などを混ぜて出汁を投入、卵白に汚れを吸着させて捨て、漉《こ》し、完璧に澄んだコンソメを作った。パンは店のものを、魚料理は次の肉料理のインパクトを損なわないように、淡泊なヒラメと蕪《かぶ》を蒸して白くクリーミーなノイリー・ソースを添えた。

老婆のサタンの様子は、デイジーの報告によると、何も言わず淡々と食べているらしい。残念ながらオードブルは半分以上残されてしまったが、スープは完食、魚料理も付け合わせ以外は食べている。ジュリエットは厨房で調理に明け暮れつつ、戻ってくる皿の様子を窺う自分は、映画『バベットの晩餐会』のバベットみたいだと思った。

サタンが食事を進めている間、ジュリエットはメインの仕上げに取りかかっていた。ポアレした牛フィレ肉を鍋から取り出して冷まし、残ったミルポワと肉汁にコニャックやドゥミグラスなどを加えてソース・ゴダールを作る。トサカや胸腺肉、腎臓、バターで焼いたシャンピニオンも併せてソースと絡《から》め、仔牛のクネルともども銀の盆のまわりに形良く盛った。中心には切り分けたフィレ、ちょうど中心が美しいロゼ色に仕上がった柔らかな肉を分厚く切り、ソース・ゴダールをかける。ソルベの器が戻ってきたと同時に、力作は仕上がった。

「シャロレー牛フィレ肉のゴダール風《フィレ・ドゥ・ブッフ・シャロレ・ゴダール》です」

この料理だけは自分でと、ジュリエットは自ら銀の盆をサタンの前に置き、フォークとスプーンでひとり分を取り分け、供した。

サタンがナイフとフォークでフィレを切り、しわだらけの口に運び、咀嚼《そしやく》して飲み込む間、ジュリエットはずっと緊張していた。その度合いは、店のオープン時と同じくらいと言って良いほどだった。サタンは間違いなく私のことを覚えているだろう。だから私を指名したし、どんな料理人になったか知りたかったはずで、ならばこの牛肉料理の味が伝わるに違いない。ジュリエットは期待と不安がない交ぜになった心を、エプロンのリボンをいじることでどうにかごまかした。

しかしサタンは、やはり何も言わなかった。フィレ肉は気に入ったのか二枚目を食べたが、トサカと腎臓には手をつけていない。仔牛のクネルは食べているが、シャンピニオンはひと口で終わっている。

ルバーブの小さなサラダとフロマージュの後、洋梨《ようなし》とマスカルポーネのデセールを出し、フルコースは閉じた。ジュリエットのサタンへの挑戦はこれで終わった。

サタンのエスプレッソは一度に七杯分だった。黄金の装飾付きのマグカップを傾け、ぐびりぐびりと飲む巨体の老婆の横に立ち、ジュリエットは審判を待った。悪魔の審判というのはだいぶ妙な表現だが。

老婆は深々と息を吐き、テーブルの上に置いた手と手を絡めた。

「及第点」

「……は？」

「及第点と言ったんだよ、若いの。悪くはないが格別良くもない。あたしはエスコフィエ本人の料理は何度か食べてるからわかる」

うっかりしていた、それを考えていなかった——永遠を生きる悪魔ならば、特に美食家ならば、当然本人の手ずから料理を食べていたはずだ。比較されれば絶対に負ける。ジュリエットが愕然《がくぜん》としていると、老婆はにやにやした。

「あの時代は今とまるで違うからね、食材はもっと野性的だったし、シャロレー牛はこれよりずっと雑味が少なかった。ピュアな味だったよ。もし彼の料理を再現したいなら、シャロレー牛に与える餌や運動する環境を過去に戻さねばならない。それに調理自体もぎこちなくて、慣れていない人間が作ったのがバレバレだ。手本をいくら真似ようと、普段から挑んでいなければボロが出る」

サタンの批評は、悔しいが尤《もっと》もだとジュリエットは思った。あの時と同じだ。原点をなどと考えず、素直にブフ・ア・ラ・ブルギニョンにすればよかったのだろうか。いずれにせよ、私は結局あの老人の期待には応えられないままなのだ。

すると高らかな笑いが響き渡った。窓ガラスが震え、向こうに広がっていた地獄の摩天楼の火が揺らぎ、ジュリエットは再び逆さまになって、天井から床を見下ろす格好になった。

サタンは老婆から、出会った時と同じ瘦せた長身の男の姿に変わり、楽しげに笑っている。

「君は盛大な勘違いをしているよ、ジュリエット。まあその勘違いのおかげで、久々にエスコフィエの料理を作ろうという気概《きがい》に出会えたのは、ある意味では得だな」

長い前髪を掻き上げ、余裕綽々《よゆうしやくしやく》な態度でサタンは言う。

「僕は君の思い出の老人じゃない。僕が君と会ったのは、正真正銘、昨日がはじめてだ」

ジュリエットはすぐにその言葉の意味を飲み込めず、戸惑い、救いを求めるようにデイジーを探した。デイジーはジュリエットのそばにいなかった。他の黒ずくめの悪魔たちに紛れるように、集団の中にいた。ジュリエットと目が合うとはっとしてうつむき、悪魔たちをかき分けてどこかへ行こうとする。

「デイジー？」

「あの子を追いかけろ、ジュリエット。僕はあの子をちょっとからかいたかっただけなんだ。なにせ悪魔の最大の敵は退屈だからね」

サタンが右手を挙げると、ジュリエットの周囲で炎が燃え上がった。そして血潮のような、ワインのような赤い液体がジュリエットを襲い、包み、まわりが見えなくなっていく。体が浮遊し、ここがどこかもわからなくなる直前、声が聞こえた。

「君があの子に、こんな頑張っちゃった料理じゃなくて、素直にひとつだけ捧げることができたなら、君への罰は免除してあげよう。僕もちょっぴり悪かったから、これで帳消しだってあの子に言ってくれ」

ひりひりと感じていた炎の熱さが消え、浮遊感もなくなったので目を開けると、ジュリエットは何もない空間にいて、ひとりの悪魔と向かい合っていた。その姿はデイジーではなかった。知覚しようとしても難しい、どう受け止めて良いかまるでわからない、存在がそこにあるとしか感じられない〝何か〟だった。ただそれが悪魔だということだけは、あのユリの香りとスパイス、スモーキーさ、そしてかすかな硫黄の匂いでわかった。

「あなたがあの日の爺さんだったのね」

そう言うと悪魔の気配が揺らいだ。ジュリエットはため息をついた。

「サタンだって勘違いした段階で、言ってくれればよかったのに。私が爺さんですのよって。エスコフィエなんか作っちゃってさ」

すると悪魔はようやく答えた。

「……貴女がサタンに勝つ方が大切だったから。私があの爺さんだとわかってもらうよりも、勘違いしてでもやる気を出してくれた方が良いと思ったから」

デイジーと同じ声の悪魔は、あのままだとメニューがいつまで経っても決まらなそうだったし、とも付け加えた。ジュリエットは微笑み、本当にそのとおりだと頷いた。

「でも、じゃあなんでサタンは私を指名したの？　さっきあいつは〝あの子をちょっとからかいたかっただけ〟って言ってたけど、どういうこと？」

悪魔は困ったようにうろうろとし、絞ったタオルのごとくしばらくねじれた後、観念した様子でジュリエットの前に戻ってきた。

「私が貴女の復讐をしたからです。あのフランス人シェフに」

まったく予想していなかった返答に、ジュリエットは間抜けな顔で訊き返した。

「ごめん、誰だって？」

「ムッシュ・ゲラールですわ、貴女の誇りを傷つけた。アジア人がどうとか、人間はどうしてこう意味不明なことで地獄に落ちようとするのかしら」

ジュリエットは思い出した――ゴシップ誌に載っていた記事を。薄着のフランス人シェフ、ゲラール氏が大きな尻を青いドラム缶にはめてしまい、途方に暮れていた姿を。

「あれはサタンの挑戦の罰のせいじゃないの？」

「……違いますわ。他の罰は、貴女も見たようにカエルやナメクジが襲ったもので、サタンが眷属を使った証拠です。でもあのドラム缶は眷属じゃない。私が個人的にやったことだから」

悪魔は伸び縮みして、気恥ずかしそうに再びうろうろしはじめた。つまり、事情はこういうわけだった。デイジーは個人的に、ジュリエットを貶《おとし》めたフランス人シェフ、ムッシュ・ゲラールに復讐したのだが、あのゴシップ記事にすっぱ抜かれたのを、サタンが読んだ。退屈嫌いのサタンは何でも読むし、人間たちのゴシップも好んでいた。それでサタンは面白半分に、誰が自分の罰に便乗したのかを悪魔たちに訊いた。訊いたとはだいぶ優しい言い換えで、実際のところは口と手を塞がれ、地獄の王らしく強制的に自白するよう仕向けられたそうだが。ともあれ、デイジーは過去を話さねばならなくなり、サタンはそれでジュリエットの存在を知り、実力があるかどうかを試したがって、いつもの遊びに巻き込んだ。

ジュリエットは悪魔のくせに誘惑しないのかと訊いた際、デイジーが〝責任を感じているだけ〟と答えたことを思い出した。

「だから私を助けようとしたの？」

「……ええ。だって私のせいですから。私はあの日、あの老人の姿で、子どもの頃の貴女に会いました。そしてしばらく経って、貴女が立派にレストランで働いているのを見かけたのです」

いつどこで見かけられたのか、ジュリエットにはまるで覚えがなかったのを、悔しいと思った。声をかけてくれればよかったのに。

「ですので、応援していましたわ。ゲラール氏への復讐は迂闊《うかつ》でしたけど……ドラム缶を尻にはめる程度と思ったのですが、まさかゴシップ誌に取り上げられてしまうなんて」

「でも人種差別とか、むしろ悪魔がやりそうなことじゃないの?」

「我々は差別などしません、そんな心があったら地獄は偏《かたよ》りますわ。誰でも受け入れる、それが悪魔です。弱い人間の心の隙間に不安や疑念の種を吹き込むことはありますが、それを差別に繋げるのは人間自身の心と考え方ですわ」

「なるほど」

「とにかくサタンは一度言い出したら絶対に止めませんので、貴女が勝つか、少なくとも負けないように手伝うことしかできなかったのです。お恥ずかしいことに」

悪魔は悔しそうに言う。大切な友人を助けたいのにうまくできなかった、優しい人間のような声音《こわね》で。

ジュリエットは、胃の少し上のあたりがむずむずするのを感じた。何て――何て悪魔なんだろう。馬鹿馬鹿しくて、人間くさくて、どうしようもなく愛らしい。本当は天使なのではないかとすら思うが、それを口にしてはいけない気がして黙る。

しかしジュリエットが一歩近づこうとすると、悪魔は同じ分、後ろに下がった。そして「地獄と悪魔に関わったことは忘れなければならない」と言う。

「悪魔に関わった人間の記憶を薄めるのが決まりなんですわ。だからもう私のこともサタンのこともあなたの記憶から消えます。他のシェフたちもみんな、誰も覚えていません」

「私は忘れないよ。だってあんたが爺さんの時のこと、覚えていたもの」

「あれは……私の油断です。今度こそちゃんと消しますわ。私は悪魔ですし、これからは貴女にも害をなすかもしれませんし」

「でもサタンが言ってた、あんたにちゃんと素直な料理を出したら罰は免除だって。あんたに食べてもらえなかったら、私も罰を受けることになるよ！」

姿を伴わない悪魔の気配がふいに霧散し、ジュリエットはきょろきょろとあたりを見回した。そして無数のハエの羽音に似た音が聞こえたかと思うと、後ろからぎゅっと抱きつかれた。

「では、さようなら。貴女はもう大丈夫。この先もずっと立派なシェフでいるでしょう」

悪魔の柔らかな腕を胸の前に感じた次の瞬間、すべては消え、ジュリエットは意識を失った。

何かが耳元で鳴っている。スマートフォンのアラームだと気づくまでジュリエットは虫を追い払うかのように手をばたばたさせた。ようやく寝ぼけ眼《まなこ》を開けて、いつもの自分の家、寝心地の良いベッドで白い布団とシーツの中にいることを理解すると、やっとアラームを止めた。

気だるく大きなあくびをひとつして、伸びをしようと両手を挙げた——その時、猛烈な筋肉痛に襲われ、ジュリエットは「ぎゃっ」と小さく叫んだ。二の腕の筋肉は少しでも動かすと激痛が走り、肘《ひじ》から下の筋肉もかなり強ばっていた。それに全身がとてつもなく疲れていて、腹が減っている。そしてふと違和感を覚え、スマートフォンに表示された日付を確認した。日付は月曜日。ジュリエットの記憶は金曜までしかないのに、土曜と日曜をすっ飛ばして、月曜日になっていた。

慌てて駆けつけた店は、特に何も変化していなかった。金曜も土曜も滞《とどこお》りなく営業されていたが、ジュリエットだけは体調不良で休んでいたとスーシェフは言う。しかしどうにも腑《ふ》に落ちず、額《ひたい》に手を当てて事務所のまわりをうろうろしていると、ロッカールームの入口前の落とし物入れに、ゴシップ誌があるのを見つけた。ぱらぱらとめくり、かつて自分を貶めたフランス人シェフの尻がドラム缶にはまったという記事を読み、笑った。その男のことは嫌いなのに、なぜか胸のあたりがほこほこと温かくなるのだ。自分には嗜虐心《しぎやくしん》があるんだろうかと首をひねりながら、いつもの白いコックコートに腕を通せば、ジュリエットはしっかりとシェフの顔になった。

今日のランチは盛況のうちに終わり、ジュリエットはまだ疲労が残る体を、事務所の椅子に預けた。そしてぼんやりと本棚を眺め、ふと思い立って分厚く古くぼろぼろのレシピ帖を取り出した。エスコフィエの『料理の手引き』だ。

昼休みの間にジュリエットは買い物に出た。車を走らせてなじみの市場で野菜と牛ほほ肉を買い、ブルゴーニュ産の赤ワインも調達する。そしてほほ肉を赤ワインでマリネし、ディナーの最後の客が帰った頃には、きっかり八時間漬けることができた。スタッフたちがいなくなると厨房でブレゼを仕込みはじめた。赤ワインの香りは煮込むごとに柔らかく丸くなり、店のすべてに満ちていく。

ジュリエットは自分が料理人になろうとした日と似ている、と思った。あの日もこうして赤ワインで牛肉を煮込み、芳醇《ほうじゅん》な香りが家中に満ちて、ほんのつかの間でも家族の形を取り戻せたことに思いを馳《は》せた。

しかし何かを忘れていた。何か、誰かを。どうしてあの暑かった七月の日にわざわざビーフシチューを作ったのかも、わからなくなっていた。頬に温かいものが伝い、手で触れるとジュリエットは自分が泣いていることに気づいたが、理由はやはりわからなかった。

翌日、スタッフたちのあいだではちょっとした騒ぎが起こっていた。シェフが作業台に突っ伏して眠り、とろけそうなほどうまく煮込まれたブフ・ア・ラ・ブルギニョンが鍋の中にあったが、ひとり分しかなかったのだ。

スタッフたちは自分たちのボスに訊ねた。なぜひとり分作ったんですか？　と。何度も作ってきたなじみの料理だし、試作品というわけでもなかろうに。するとジュリエットはきょとんと部下たちの顔を見回して、面白そうに笑った。

「今日、誰かが来そうだと思ったから」

「誰か？　どなたです？　ご家族？　まさか恋人ですか？」

ジュリエットの色恋沙汰《ざた》のなさぶりは誰もが知っているところで、そう口にしたスタッフはみんなから小突かれたが、ジュリエット本人は笑い、「さあねえ」と言ったので、スタッフたちはざわついた。しかしジュリエットは首を傾げる。

「覚えてないんだ、全然。誰かにこれを食べさせないと酷《ひど》い目に遭うっていう感じがするんだけど」

「何ですかそれ、ブフ・ア・ラ・ブルギニョンで脅迫でもされてるんですか？」

「いやあ、どうだろう」

ジュリエットはレードルで煮込んだ牛肉の具合を見て、再び蓋をした。

「とにかく誰か来ると思う。人間か天使か、悪魔かもしれない」

「人間じゃないんですか？」

「そうかも。でもその人が来てくれるなら、悪魔だって私はハッピーな気がする」

その晩のディナータイムで、シェフ・ジュリエットが例のブフ・ア・ラ・ブルギニョンを誰かに供するのか、スタッフの間で賭けになった。

結果は、供するに賭けた方の勝ちだった。ただしその客が来た時間帯は、店がやたらと混んでいて、スーシェフをはじめスタッフたちはてんやわんやだったため、どんな客か見た人間はほとんどいなかった。

ただわずかに目撃できたスタッフの話では、その人物は女性で、黒いノースリーブ・セーターを着ていたそうだ。印象に残っているのは、彼女から漂っていた香水の香りだった。ユリと、スパイシーなクローブ。だけどなぜか妙な匂いもしたという。まるでパーマ液とか、腐った卵みたいな。

「何それ、どんな香水よ」

スタッフたちが噂話に花を咲かせていると、ジュリエットが来て、神妙な口調で言った。

「香水は硫黄だよ、地獄限定のね」

スタッフたちは面食《めんく》らったように顔を見合わせたが、ジュリエットがからかうように笑うと、スタッフたちはもう、と唇を尖らせつつ仕事に戻った。そんな彼らを見送って、ジュリエットはコンロにかけたままの鍋に視線をやった。

ブフ・ア・ラ・ブルギニョンの鍋は空になっていたが、まだほんのりと湯気を立てていた。その湯気の香りの奥に、やはりあの匂いが潜んでいることを、ジュリエットはもうわかっていた。

冷蔵庫で待ってる

秋永真琴

秋永真琴（あきなが・まこと）

北海道生まれ。2009年『眠り王子と幻書の乙女』でデビュー。著書に『眠り王子と妖精の棺』『ワンドオブフォーチュン　すべての色を纏う者』などがある。

1

シンクの壁に取り付けられた水切り棚のへりに、クリップをはさんだ。三百円ショップで買ってきたスマホスタンドである。クリップから長さ三十センチのアームが伸びていて、その先にホルダーがついている。そこに、高校生のときから使っている旧型のｉＰｈｏｎｅをはめ込んだ。画面はひび割れていない。

アームを曲げて、高さを調節する。

「いい感じじゃーん」

ささやかな感動が声になって出た。これで作業をしながらスマホの画面を見られる。縦向きで文章のレシピも、横向きで調理の動画も表示できるのがいい。

なんて頭がいいんだ、私は……。大学からの帰り道にふと「そういうアイテムってこの世界に存在しなかったっけ」と閃《ひらめ》いてお店に駆け込んだ自分が誇らしい。今日まで思いつかなかった閃きの足りなさのことは考えない。

一歩下がって、台所を眺めた。

左手にシンクと調理台、右手にガスコンロ。もう一歩下がれば食器棚に背中がぶつかるような、狭くて小さな台所である。

でも、ここを小さいと感じるようになったのは、最近のことだった。袋ラーメンを煮たり、冷凍の餃子《ぎょうざ》を焼いたりするくらいなら、これでなんの不満もなかったのだ。

よし、やるか。

スマホにブックマークしていたレシピを表示させる。

まず、冷蔵庫の野菜室からじゃがいもを取り出した。ビニール袋に小さめのが五個。それらを全部ボウルに入れて、ひとつひとつ手でよく洗ってから、まな板の上で八つに切る。皮はついたままだ。深皿に詰めこんでラップをかけ、電子レンジで五分、温める。

光って唸るレンジを見ながら、これでいいんだなぁ、と思う。

私みたいなズボラの極み乙女だと、野菜の皮を剝くというのは非常にハードルが高い行為である。ピーラーを使うのも億劫だし怖いし。

もちろん、ファストフード店や居酒屋で皮つきポテトの料理を食べたことは何度もあった。でも、それはなんとなく、プロが調理する「別の世界」のことだった。家でも剝かなくていいという発想には最近まで至らなかった。固定観念というのはおそろしい。何かのきっかけで動くまでは、本当に固いのだ。

スマホを見て分量を確かめながら、小鉢に醬油、日本酒、塩、砂糖を入れる。

ちゃんとスプーンで雑に量ってえらいな、私……。「ちゃんと」と「雑に」は矛盾ではなく、直接ボトルから注ぐんじゃなくて、スプーンで雑に取ること自体がちゃんとしているのだ。私にとっては。初心者向けの簡単メニューでも、いろんな調味料が合わさっているのを実感する。

それからフライパンを熱して、ベーコンを焼く。これは最初から細切《こまぎ》れになっているパックのもの。その間に、じゃがいもの加熱が完了した。レンジからメロディが流れる。こういうのって待っているといつまでも終わらないんだけど、他のことをやっていると早すぎる。いくらも経たないうちに、ふたたびレンジが歌う。急《せ》かすなって。忘れないから。焼き上がったベーコンをお皿に移す。

この「フライパンからいったん取り出す」ときに、ちょっと気分が高揚した。これまで炒めものらしきことをするときに、このひと手間をかけたことなんてなかったから。適当なタイミングでどんどん食材を追加していくだけ。

レンジから熱々のじゃがいもを出して、ベーコンの脂が回ったフライパンに並べる。焦げ目がついたところでベーコンを戻し、調味料を回し入れる。じゅわっと音が弾けて、あまじょっぱい香ばしさがたちのぼる。

あっ、点《つ》け忘れていた――壁のスイッチを入れてコンロの上部の換気扇を回す。もう遅いかも。後で部屋の窓を開けよう。

よし、できた。

と思う。たぶん。火を止める。水切り棚でかわいているお皿を調理台に置く。薄い黄色の陶器のプレートで、青い顔料で東洋的なボタニカル柄があしらわれている。とてもきれいだ。私の家にある、いちばん高価な食器。

これに盛るには力不足かもしれないけど、いいのだ。素敵な器が平凡な料理も輝かせてくれる。そういう精神でやっていくことに決めている。

二人前のレシピに忠実に作ったので、まずは半分の量をフライ返しで丁寧によそい、さらにお箸《はし》で整える。最後に小瓶のパセリを振る。

「よぉーし」

低い声が自然と漏れた。

完成した。和風ジャーマンポテトが。

調理に使ったものがシンクいっぱいになっている。きちんと（私基準で）料理をすると、こんなに洗い物が出るのだ。もっと慣れれば、料理しながら同時進行で終わらせられるんだろう。いつか、ね。今晩はとりあえず、先に食べる。

お皿とお箸をリビングの座卓に置く。ビールとグラスも持ってくる。今日はサッポロクラシックにしよう。スマホもホルダーから外して持参する。

卓上に散らばっている読みかけの文庫本やらメイク落としシートのパックやらを脇にどか

して、中央にプレートを動かした。ビールを注いで、泡が盛り上がったグラスと缶をプレートのそばに添える。

斜め四十五度からスマホで撮って、美しい晩酌の画像を爆誕させた。

それから、手を合わせて「いただきます」と声に出した。

ビールを飲む。喉と胃にしみる。それから、じゃがいもを口に運ぶ。

うん、いいんじゃないの。表面がパリッとして、中がほくほくだ。味の濃さもちょうどいい。創作居酒屋のように——とまではいかないけど、ぜんぜん、普通においしい。コンビニのお惣菜ならこれより少ない量で三百円も四百円もするし。

満足感がスパイスとなって、お箸がどんどん進む。

大丈夫だ。今夜の私も、お酒もご飯も楽しい。

2

「やっぱり外食っていいよねぇ……」

「えっサオリ怖っ、なしてそうなるの」

向かい側に座る神野《かみの》一水《かずみ》が「こいつ大丈夫か?」という感じの、あきれ顔としかめ面の中間くらいの表情になった。

「したら送ってきた肉じゃがの写真は何さ。自炊が楽しいって話じゃなくて？」

「和風ジャーマンポテト。だってイッスイ、お店で食べると作らなくていいし、片づけなくていいんだよ。そういうコストを考えると外食って安いなーって」

自炊することで得た貴重な学びを披露したんだけど、

「新井沙織《あらいさおり》、大丈夫か？」

表情が示す感情を具体的に音声化してきた。

「あと、調味料！」

目の前の女子に異常者だと思われないよう、私は説明を続ける。「小さいサイズでもぜんぜん使い切れなくって。醤油とかソースならいいけど、マニアックなスパイスは私だと買っても余る」

「やっとわかる話が出てきた。あと、レシピってたいてい一人前じゃないべさ」

「そうなんだよ。毎日自炊だと逆に太っちゃうかも」

「何回かに分けて食え」

「ついついあるだけの量を、ね」

昨夜のポテトも結局、その日のうちに食べ尽くしてしまった。

「知らね」

はん、と失笑して、イッスイはペットボトルの炭酸水を飲んだ。私も同じくペットボトルのストレートティーに口をつける。

昼休みが終わり、午後の講義が始まった頃合いの学生食堂に人はまばらだ。

金曜日のこの時間帯、私はもともと空《あ》いている。イッスイは何か一般教養《ぱんきょー》科目を受講していた気がするけどわからない。

大学二年生の初夏——学校にはすっかり慣れ、単位不足とか就職活動とかの危機もまだ遠くて、妙にゆるんだ季節だ。体育会系のサークル活動に青春を懸けているような子は、これからがいちばん忙しいのかもしれないけど。

スマホを取り出して何やら見ている私の同級生は、強烈なツーブロックのショートカットと、耳を埋める大量のピアスが印象的だ。一年生のときからこういうパンクなファッションで、英語の授業で席が近かったので恐る恐る話しかけたら不思議と気が合い、ずっと交流が続いている。友だちと言っていいと思う。

「おっ、やった」

イッスイが嬉しそうにつぶやいた。「どしたの」と訊くと、

「界隈で有名な人が拡散してくれたのさ」

と言うので、私も自分のスマホでイッスイのＳＮＳを見た。

人気の少年マンガのファンアートが大勢の人に閲覧されていた。長髪で細い目のイケメン

キャラだ。私は絵の技術について素人だけど、普通にとても上手いと思う。絵柄が華やかで、難しいポーズも安定感がある。

イッスイは「絵師」なのだ。描いたイラストをネットに載せたり、同人誌を作ったりしている。いちど売り子として、さっぽろテレビ塔の大会議室で行われた即売会に手伝いに行ったら、絶えず友だちやファンが訪ねてきた。感極まって泣いてしまう子もいた。

「絵が描けるっていいよね」

「ウチは二次創作だから」

イッスイが間髪を容れずそう返してきた。「や、もちろん好きでやってるしプライドもあるよ。でもサオリは一次の小説を書けるしょ」

いつもこの子はそう言うのだ。いちから自分で考えたオリジナルの物語を紡げるのはすごい、と。

そりゃ、すごい人は果てしなくすごい。でも私は——

全身が、こわばった。

視界の端に、新たに食堂へ入ってくる人が映った瞬間。

イッスイが不審そうに私を見つめた。傍から見てわかるくらい、私はたちまち表情を凍らせたのだろう。

顔を伏せつつ、目はつい彼を追ってしまう。

銀縁眼鏡をかけた細身の男子が、入口側の奥のテーブルに着いた。

天然パーマの髪は変わらず少し長めだけど、おでこを出して、紺色の地味なスーツを着ているのは就職活動中の四年生っぽい。背中から下ろしたビジネス用のリュックサックから、iPadと小型のキーボードを取り出した。執筆をするのかな。それとも、就活《しゅうかつ》に必要な書類でも打つのか。

三上《みかみ》くんは、私に気づかなかったのかもしれない。気づいたからこそ、近づかなかったのかもしれない。どっちがよかったんだろう。自分でもわからない。石を飲んで喉がつかえたような感覚に襲われる。

「ぼちぼち行くか」

私のようすを察して、イッスイが言った。私はうなずいた。

入口に向かうときに、三上くんと数メートルの距離まで近づいた。

キーボードの溝に差し込んで立てたiPadの画面を、じっと見つめている。キーボードに添えた手は動いていない。熟考していてこちらに気づいていないのかもしれない。私が去るのをじっと待っているのかもしれない——

「あんな空《す》いてる学食で知り合いに気づかないわけねえべ」

外に出てから、イッスイは吐き捨てるように言った。

「だよねえ」

事情を説明したら客観的な事実を突きつけられて、私は力なく微笑んだ。イッスイの外見は目立つし、いっしょにいる私にも自然と目が行くだろう。

「元彼がいるサークルなんか辞めれって。小説はひとりでも書けるしょ」

ぬるいそよ風が吹く構内の遊歩道を、次の授業の講義棟に向かって歩きながら、イッスイは北海道弁丸出しのアドバイスを投げてくる。

「辞めたほうがいいかな。元彼じゃないけど」

「一応別れてねえんだ」

「だからつき合ってたわけじゃないって」

「気色悪《わり》ィ……そういうのがブンガクなの？　逆に古くね？」

本当に忌憚《きたん》のない意見をぶつけてきやがって、このオタパンク女はよ……。

一触即発の状態になりかねないことも、しかし、イッスイに言われると不思議と腹が立たなかった。いや、立つことは立つんだけど、後を引かないのだ。恨みや憎しみは湧いてこない。なんでだろう。たぶん、こちらを侮辱する意志がないのと——

正しいのだ。結局、神野一水の言うことは。

正式につき合っていたわけじゃない男子と気まずくなって、そのことをいつまでも気に病んでいる私が、間違っているのだ。

＊

土曜日は朝から雨だった。

目覚めたのは遅い時間だったけど、部屋が薄暗く、窓の外から届いてくる音がさわさわとやさしかった。風が強すぎなければ、雨が降る日はけっこう好きだ。

午前中はゆっくりお風呂に浸かったあと、洗濯をしたり、掃除機をかけたり、シンクの排水口を洗剤できれいにしたり、溜まっている家事を片づけて過ごした。

正午近くに、台所のホルダーにスマホを取り付けた。

これからやることは、さすがに私も逐一レシピを確認する必要はなさそうだけど、過信はしない。まだマニュアル通りにしかできないのだから、準備はしておく。

冷蔵庫を開け、鶏むね肉のパックを取り出した。ラップを破って、大きくて平べったい薄桃色のかたまりを、皮を下にしてフライパンに載せる。塩と胡椒を振って、コンロに火を入れる。

あとはこのまま、弱火でじっくり熱するだけだという。油を引かなくてもいい。蓋をして蒸さなくてもいい。途中で決して動かさず、最後に裏返すだけ。三回読み返してもそう書いてある。

本当にこれで中まで火が通るの？　焦げついたりしないの？

疑わしい気持ちになるけど、まずは、プロによる教えを頭から信じて実践するのだ。工夫して自己流を生み出す段階に私は至っていない。

レシピをよく見て料理するようになって、やっと理解したことがいろいろある。そのうちのひとつが、弱火と中火と強火は異なる調理法だってこと。

私のような大雑把怪獣ズボラーはつい「弱火で十分だったら、強火にすれば五分くらいで行けるんじゃね？」などと根拠もなく思ってしまうし、たまに何か焼くときはそうしてきた。でも、弱火と言われれば弱火なのだ。強けりゃいいってもんじゃない。それは文章を書くコツと同じかもしれない。

冷蔵庫からコロナビールを出して、栓を抜いた。

瓶から直にメキシコのビールを飲みながら、肉の脂が染み出してジュウジュウと弾け、その脂で皮が揚がっていくのを、私はぼんやりと見守った。

近くで肉を焼く音。遠くから雨の音。

肉が白くなってきたので、フライ返しを差し込んでひっくり返す。「おー」と声が出た。皮が食欲をそそる飴色になっている。

指定された時間を待って、焼き加減をチェックした。まだ赤いところがある。失敗したかな。誤差の範囲かな。もう少し継続する。

ふたたび確認する。焼けたかな。焼けたことにしよう。いつもの黄色と青のボタニカル柄の皿に、鶏肉を載せた。フライパンに残った脂もかける。

つやつやと照り輝くチキンソテーを、リビングの座卓に持っていった。

二本めのビールと――今度は缶の黒ラベルにした――小ぶりなグラス、中濃ソース、ナイフとフォークも運ぶ。

シンプルで美しいランチだ……。自己満足を、スマホのカメラで撮って残す。

「いただきます」

まずはそのまま、ナイフで切って食べてみた。あ、おいしいんじゃない？　パリパリの皮とふっくらとした肉の嚙み心地がいい。

次はカットした肉にソースをかけて食べる。こっちもおいしい。ソースの味に、チキンのうま味が負けてない。お互いのよさを引き立てている感じがある――ズボラの国のアリスである私の自炊したもので、そういう「料理っぽい感想」が出てくることに、今、自分でちょっと感動してしまった。今度はこれより凝った味つけの肉料理に挑みたい。レベル2だ。

ビールも進む。昼から三本めに行くのは危険だから、これをゆっくり飲もう。

テレビも音楽もかけていない、水が天から降って地を打つ響きに包まれた部屋で、静かに昼ごはんを食べている。

不思議な感じ。悪くない。かなりいい。

でも、一年生のときの私は、こんなふうに土曜日を過ごすことはなかったと思う。人と会っているか、メッセージアプリで誰かとやり取りしているか、そうでなければ——

ソファの端に置いてある、畳んだノートパソコンをちらりと見やる。

こういう何の予定もない日は、イコール、小説を書く日だった。

3

予感はあった。

隣から漂う、甘やかで、少し凶暴な気配は。

バカな話を振ってにぎやかな雰囲気にしたり、はっきりと硬い態度を表に出すことはできた。そうしなかったのは、そういうことだ。強く待ち望んでいたわけじゃないけど、そちらから来るなら拒まないという、私の心のあいまいな揺らぎ——女子のそれを、三上くんはつかまえられる男の人だったということだ。

文化系の、何を考えているかよくわからない態度の、それが周囲から一目置かれるお得なほうに作用している、そのことを自分でも知っている、そういうちょっといけ好かない男子が寄せてくる唇を——

私は、そっと受け容れた。

夜更けになっても昼間とあまり変わらない気温の、夏が戻ってきたような蒸し暑い九月の半ば。

毎月の合評会のあとは、みんなでファミレスや、学生でも入れる庶民的なビストロで食事をするのが恒例だ。そのあとにふたりで居酒屋に行った帰り道だった。

地下鉄の駅に向かう途中の、遠くにコンビニや丼もの屋さんの灯りが見える、雑居ビルにはさまれた暗い路地裏で、サークルの先輩とこういうことになる——それが、私の大学一年生の秋だった。

三上くんの舌がそっと私の唇を割って、私の歯をなぞってくる。私はされるがまま、身体の奥をふるわせる。

キスされながら抱き寄せられて、身体が反射的に緊張してしまった。嫌だったわけじゃないけど、私から三上くんに腕を回す心の余裕なんてとてもない。

「ごめん」

唇と身体を離して、三上くんは言った。私の心境は察したらしい。そんなに申し訳なさそうではない、いつも通りの低い声だった。

「いえ……」

私はぼうっと返事をしながら、三上くんの眼鏡の奥の目を見つめた。

そこには失望の色が——なんて、私の小説なら書くだろうけど、正直、三上くんがどんな感情なのかは読み取れなかった。

「行こうか」

「はい」

歩き出しながら、三上くんは私の手を取った。これにはさすがに私も応じて、三上くんの手を握り返した。

駅までの道のりは長いのか短いのかよくわからなかった。

手汗、大丈夫かな。引かれないかな。でも人間である以上、こんな蒸し暑さじゃ仕方ないし、これで引くような男なら別にいっか？　いやいや、そこまでは割り切れない。それにしても、やっぱり大学生はすごいな。告白って本当にしないんだ。大人は何も言わずに空気を読みながら関係を深めていくのか。難易度が高いな——

そんな想念が脳内を忙しく駆け巡っているうちに、地下鉄の駅の入口に着いた。三上くんはさらに歩いてJRの駅に向かうはずだ。

もし、私の家について行きたいと言われれば、たぶん連れていった。

でも、三上くんは私の手を離して、こう言った。

「それじゃ、気をつけて」

「はい、おやすみなさい」

安堵が七割、失望が三割くらいの気分で、私は階段をとんとんと下りていった。

踊り場で振り返った。もういないかと思ったけど、眼鏡の先輩は私を見送ってくれていた。それだけのことが嬉しかった。もしかしたら、さっきのキスよりも。私がお辞儀すると、三上くんは軽く手を挙げて、去っていった。

階段の上で四角く切り取られた夜を、私はしばらく見上げていた。

*

小説を読むのはずっと好きだったし、小学生のときは自分でそれらしきものをちまちま書いていたこともある。

でも、文芸部に入ったのは、私の大学は高校のようなクラス分けがないのでサークルに属さないとぼっちになりかねないという不安を拭うためでしかなかった。

ある程度の人数がいないと意味がないし、活動が盛んすぎても困るし、あんまりパリピでウェイウェイなムードが濃くても馴染めないし――そうやって絞っていったら、ここになっただけというのが正直なところだ。部誌を作るというメインの活動はあるけど、何も書かず、読むほう専門でもかまわないというのが入部の決め手だった。

部誌に載せる小説を書いたのも、合評会は厳しく批評しない方針だというし、せっかくだから参加してみようかな、くらいの気持ちだった。百円でも馬券を買ったほうが競馬を見るのが楽しくなるみたいな（買ったことはないけど）。

その合評会で、約十年ぶりに書いた三千字くらいの私の掌篇《しょうへん》を、いちばん褒めてくれたのが三上悠《ゆう》くんだった。三年生で部長だけど「さん」付けや「部長」呼びが権威主義的で嫌いだと言うので、新入生の私も最初から「くん」で呼んでいた。

「もしかしたら」と、低い声で言う三上くんに、部室のテーブルを囲む十数人の目が集中した。この先輩は人の気を逸《そ》らさないものを持っている。

「こういう機会がなければ、新井さんはずっと、書かなかったかもしれないんだ」

「まぁ、そうですね」

「もったいないことにならなくて、よかった。いいものを書ける人が、この場所で書くことを再開してくれて、僕は嬉しい」

だいたいいつも険しめの無表情である男の人が、眼鏡の奥の目を柔らかくして、唇をほころばせる。私が——私の書いた小説が、この微笑みを浮かばせたのなら、それはなかなかすごいことじゃないかと思った。

そうして好意が芽生えちゃったわけだけど、みんなでいるときに積極的に三上くんに話しかけたりはしなかった。文芸部のおっとりしているけど真面目な雰囲気は乱さないように努めたつもり。

しかし、抑えても放たれてしまう新入生からのささやかな秋波《シューハ》ってやつを感じ取って距離を詰めてくるくらいには、この先輩は世慣れた文学青年《ブンガクセーネン》であったのだ。そのしたたかさも胸に点った火を煽《あお》るほうに作用して、私は三上くんとたちまち親密になっていった。

三上くんはいろいろな小説や映画を教えてくれた。難解な作品もあったけど、ネットで検索して見つけた評論や感想を頼りに鑑賞して、懸命に感想を伝えた。私からも好きな本をお薦めしたり、貸したりした。

やがてふたりで会うことが増え、ついに唇が触れあう夜を迎えて、私の青春はとりあえず順風満帆といえた。小椋《おぐら》さんが現れるまでは。

4

「男女の恋愛を無条件に肯定する書き方を選択するのは、いかがなものかな、と」

小さな声による発言で、ストーブで十分に暖まったはずの部室の温度が、少し下がった気がした。

次の部誌に寄せた私の小説に対する、小椋詩歌《しか》さんの感想の第一声がそれだった。

「意識が低いと言わざるを得ない、と思います」

合評会に掛ける作品をプリントしてホチキス留めした紙束に目を落としたまま、小椋さんは批判を重ねる。長い黒髪に隠れて、私の席からその横顔は見えにくい。「あくまでも作品への評価であり、書き手への言及とは異なりますが」

いやいや、小説のよしあし以前の、私の考え方が浅いって言ってるよね。

「高校生の男子と女子の青春ものって、そんなにダメかな」

できるだけ抑えた調子で、私は訊いた。

「現代において、文学が提示すべき多様な関係性が存在するなかで、新井さんがあえてその題材を選んだという強い必然性が伝わってこないのは否めません」

小椋さんの言うことを、私は身を乗り出して聞き取る。小声で難しい言い回しをよどみなく発するので、聞くほうは大変なのだ。

「まあ、少女マンガみたいな、ありがちな話ではあるよな。内容が面白ければ詩歌さんも違和感を感じなかったよね？」

いつも小椋さんにおもねるような発言をする三年生の男子が、今日もそんなふうに言って、何か期待するように彼女を見やった。この野郎……。

小椋さんはちょっと首を傾《かし》げて、それ以上の反応は示さない。

「待ってください、それって少女マンガへの偏見じゃないですか？」

新部長の二年生の女子が尖《とが》った声を上げ、男子が「や、偏見ではなく一般的なイメージに基づいた比喩《ひゆ》であって」などと反論するが、それを皮切りにみんなが口々に発言し始めて、議論はますます過熱していった。少女マンガの文学性とか、ＳＦや純文学とのつながりとか、作品の批評からは外れた方向へ。

私も、私の小説も置いてけぼりにされた気分で、窓の外に目をやった。しんしんと雪が降って、世界は灰色だ。

目を戻して、三上くんを見た。元部長は何も言わない。黙って部員たちの言い争いを見守っている。私とも目を合わせない。

それは公平な態度だろうし、小椋さんの批判は正当な意見の範疇《はんちゅう》かもしれない。でも、私は意識が低いと言わざるを得ない人間なので、三上くんにはそれとなく私の味方をしてほしいと思ってしまう。

これまでずっと、私の小説を評価してくれたじゃないか。

小椋さんも、顔を伏せたまま、嵐が去るのをじっと耐えて待っているような風情だ。自分が起こしたくせに。

きれいな子だな、と思う。だからよけいに腹が立つのかも、と自分の嫉妬《しっと》を正直に認める私である。

存在は以前から知っていた。いつもゴシックなワンピースや立ち襟のブラウスなんかを着ているので、イッスイと同様に目立つのだ。愁《うれ》いを帯びた雰囲気は印象的だった。私と同じ一年生で、いっしょの講義もあったけど、特に話したことはない。

その女子が、秋から文芸部に現れるとは思わなかった。

運動部やオーケストラ系のクラブと違って、年度の途中から入ってきても困らない団体ではある。しかし、小椋さんの場合は困ったことになった。合評会への参加態度がこんな具合なので、部内の穏やかなムードが保たれなくなってきたのだ。

合評後の恒例の食事会も、欠席する人がぽつりぽつりと増え始めた。それは当然だと思うけど、私は逃げるみたいで嫌だったので、これまで通り参加を続けていた。

でも、今晩は後悔した。これまでは場を変えればある程度冷えていたみんなの頭も、今日に限ってはカッカと熱が籠《こ》もったままで、カジュアルなイタリアン料理店の大テーブルはふたたび議論の場となった。お会計のときに「学生さん、ああいうのは困るんですよね」と注意されるほどだった。ただ騒がしいだけじゃなく、険悪なのがよくなかったのだろう。

そこで初めて気づいたのだが、部内に変な派閥が生まれつつあった。つまり、小椋さんの味方をする人たちもいるのだ。少数派だけど、ひとりやふたりではない。

そして、小椋派(なんだそれ)にも、反小椋派(だからなんなんだそれは)にも、私がダシに使われた。

「沙織ちゃんの作品がラノベみたいだって、ずっと私も思っていました。なんで三上くんがあんなに褒めるのか不思議だった。小椋さんを責めるのは筋が違うと思います」

「小椋さんは新井さんに厳しく当たりすぎているように思うね。個人的な好き嫌いを持ち込んでいるのでは？　あとラノベを見下《みくだ》すのは君のスノビズムが出てるなあ」

これまでみんなで仲よくしてきたと思っていた人たちから、ポロポロと仄暗《ほのぐら》い本音がこぼれ出してくる。ずっと言えなかったのか。そんなに言いたかったのか。

胃が縮んだような心地で、冷えていくパスタにもピザにも手を伸ばす気になれず、私は間を持たせるためにデキャンタからワインを注いで飲み続けていた。文芸部にはお酒を飲む人があまりいない。私が一浪で誕生日が早くて、すでに堂々と飲める人間だったというのも、三上くんと親しくなれた理由のひとつだと思う。

その三上くんは、やはり、話に介入してこない。さすがに先輩として無責任じゃないかと思ったとき——

「新井さん」

と、小椋さんが私を呼んだ。場がしんと静まった。

今日初めて、小椋さんが私を正面から見た。眉をひそめる表情は、咎《とが》めるようでも、哀れむようでもあった。

「お酒は控えましょう。皆さん、私とあなたの話をしているのですから」

身体の奥からこみ上げる何かがあった。

喉から「何言ってんだ、お前」と出かかったけど、なけなしの理性が代わりの台詞を吐かせた。

「小椋さん、まだ書いたことないよね」

入部してから数ヶ月、小椋詩歌という人はまだ、自分の作品を提出したことがないのだった。

「それなのに辛口の批評ばかりなのは、どうかなぁとは思っちゃうよ」

「実作をしない批評家も数多く存在します。それは無関係な感情論と言わざるを——」

「得なくない」と、私は小椋さんを遮った。「感情の話をしてるんだよ。楽しいサークル活動のための感情の話だよ。三上くんはどう思いますか?」

三上くんに話を振ってから、ああ、そうか——と悟った。

私の怒りは小椋さんより、この元部長に向いていたのかもしれない。それはたぶん、私ひとりではなかった。だからこうやって、気持ちのどこかで安心して三上くんに問いを投げられたのだと思い、つまり、私もしっかり変な派閥争いに加わっているんだな、と暗い気持ちになった。

三上くんは、眼鏡の位置を直した。そして、こう言った。

「評論も、文芸のひとつだよ、新井さん」

ああ、そうですか。

「小椋さんが、創作をしていないと、僕は思わない」

三上くんも、私の感情の話はしないんですね。

5

大荒れの食事会の日が境目だったと思う。

困った症状が私に現れるようになった。

久しぶりに神野一水と飲みに行って、私は文芸部の現状を聞いてもらった。部と関わりのない大学の友だちは他にもいるけど、ふたりで遊ぶほどの仲なのはイッスイだけなのだと、そのときに気づいた。

ビールとハイボールが飲み放題の、わざと雑然とさせた内装のお店で、生春巻きやガパオライスをつつきながら、イッスイは渋い顔で言った。

「サオリがウダウダしてるうちに、そのシカちゃんに彼氏取られたんじゃね?」

「彼氏じゃないけど」

「したら他の子を贔屓《ひいき》してもなんも言えねえべさ」

「そうだけど」

そうなんだけど。でも――

クリスマスイブは、私のアパートで三上くんと過ごしたのだ。

デパ地下で予約したオードブルとケーキを食べて、スパークリングワインを飲んだ。プレゼントも交換した。私からはカシミヤのマフラー、三上くんからは高名な幻想小説作家の愛蔵版の単行本だった。

以前に薦められて「読んでみたいです」とは言った。嘘じゃない。でも、本当は、もう少し違うものがほしかった気持ちはある。文房具とか。アクセサリーとか。

「あれは、何？」

三上くんが興味を示したのは、キャビネットの上に立てて飾られた、美しい黄色と青色のプレートだった。

「憧れのブランドなんです」と、私は説明した。食器や家具や香水などを扱う、伝統あるイタリアのメーカーのものだ。私の財力で買うのは厳しい商品が大半なので、きれいな柄のお皿を一枚だけ、誕生日に自分へのプレゼントとして買った。

「シノワズリ風で、いいね」

三上くんがそう褒めてくれて、私は笑顔で「ありがとうございます」と応えた。

実は「シノワズリって何だ？」と思って後で調べたんだけど、そのときは内心、冷や汗ものだった。この男性に感心されたり、尊重されたりするのが、私にはとても嬉しかったのだ。

それを壊したくなかった。

私とこの人は果たしてどうなるんだろうと、いろいろな状況を想定して臨んだ夜だったけど、三上くんは終電に間に合うように帰っていった。泊まっていきませんか、と誘う度胸はなかった。三上くんが私を大切にしているから、なかなかこれ以上の段階に進んでこないのだとは、さすがに思えなくなってきていて――


「大丈夫か、サオリ?」

「ごめん、何かちょっと」

お腹のあたりをさすりながら、私はイッスイに向けて笑顔をこしらえた。日中はなんともなかったのに、急速に胃がしくしく痛んできたのだ。

「大してうまくないし、無理して食べなくていいぞ」

「声が大きい」

「したってこのガパオライス、彩りもなんもないただのひき肉炒めご飯――」

「イッスイ!」

正直すぎる友だちを諫《いさ》めながら、私はビールをちびりと口にした。せっかくの飲み放題だけど、これ以上のおかわりは私の身体に必要なさそうだ。心は求めているのがつらいところだった。

「話を聞くかぎり、シカちゃんは、見ためもチャラいし人権意識が低くてブンゲイをやるにはふさわしくない女にマウントをとりたい気持ちが先に立ってるっぽいけど――」

「その女って私か?」

「あくまでもシカちゃん視点の話」

この同人パンク女が……。

「でも、もしかしたらその子が何かの少数派《マイノリティ》なのかもしれねえよ？　文芸部ならそのことをもっと考えてくれると期待してたからこそ、がっかりしてるのかもしれないしょ」

「そうなのかな……？」

「それはウチにはわかんね」

「私にも、わかんないけど」

もしそうなら、それは、小椋さんが自分から話すまでは訊けないことだ。信頼されていない私からはなおさら。

「ウチが何を言いたいかっつーと」

そう言って、イッスイは残っているハイボールを飲み干し、低評価のガパオライスをひとりで雑にがぶがぶと食べきってから、メニューを開き、しばらく悩んだ後に店員を呼んで「杏仁《あんにん》豆腐とハイボールおかわり」と注文した。

「で、何だっけ、サオリ」

「イッスイが何を言うのか待ってたんだけど」

「ウチのターンだったか。えーと——あ、そうだ。シカちゃんのことは嫌いでも全然いいけど、だからって、シカちゃんが言ったようなことを面倒になって考えるのをやめてほしくはねーなーって思ってる」

意外と、真面目な提言をされた。

「そうだね」と、私は言った。「それは、そうだ」

物語で提示すべき多様な関係性がこの世界にあることは、確かにその通りなのだ。小椋さんへの感情で、そこを見つめる目を曇らせてはいけない——

その日は、それで終わった。

＊

しかし、その後も、私は外食のたびに同じ目に遭うようになる。

ひとりで入ったマクドナルドやスターバックスでも同じだった。それまでは何ともないのに、たちまち胃が異変を訴え始めるのだ。

家でご飯やお菓子を食べるときは、そんな症状は出ない。普通においしい。むしろ食べすぎる。私の大学生活において大きなウェイトを占めていた人間関係を失いつつある悲しみでもっと食欲が失せてほしいくらいなんだけど。

おそらく、こうだ。

大学に入ってからずっと、私の外食とはほぼ、文芸部の人たちや、三上くんとふたりで行くものだった。だから今、外食をすることが、文芸部でのストレスを自動的に蘇らせる引金《トリガー》になっている——そんな自己診断。

まあ、スーパーやコンビニで何やかやと買ってきて食べればいいのだ。しかし、こうも頻度が増すと、だんだんしんどくなってくる。種類はいろいろある。季節ごとに少しずつ変わるし。でも、好みや値段を考えたら、私に与えられた実質的な選択肢はそれほど多くはないのだった。

文芸部に足が向かなくなったまま、札幌の街を覆う雪も溶けて、私は二年生になった。

部長がときどき、スマホのメッセージで状況を伝えてくれていた。

小椋さんは結局、三月いっぱいで部を辞めたらしい。それはそれで、私たちに彼女とうまくやっていく度量がなかったことを突きつけられたようで、とうてい晴れやかな気分にはなれなかった。

新入生が入って部内のムードも改まったし、またおいでよ、待ってるよ——部長はそう言ってくれたけど、私の憂鬱の原因は小椋さんより、むしろ三上くんのほうにあった。

三上くんからは、連絡が来ない。

いちど、私から「お会いできませんか」とメッセージを送ったけど「今週と来週は就活で忙しい／余裕ができたらこちらから連絡する」と返事が来て、それっきりだ。連絡すると言われたのだから、私はそれを待つしかなかった——それだけの間柄でしかなかったことが、ふいに剝き出しになってしまった。私の小説も、私という人間も、三上くんにとって、失わないように自分から何か働きかけるほどの価値はなかったわけだ。

そういえば――いや、心の隅に引っかかってはいたけど、気にしないように努めていたことがある。

私は、三上くんが教えてくれた本や映画はなるべく間を置かず鑑賞して感想を伝えていたけど、三上くんから私のお薦めした作品の感想を聞いたことはなかったな。

そのことに、ずっと傷ついていたのだと気づいた。

*

三上くんから紹介されて買ったり、もらったりした本をどうしようかと思い、一カ所に集めて、ブックオフやフリマアプリで売ろうか、燃やせるゴミに出してしまおうか、でも本に罪はないし、あの時期の自分をまるごと抹消するようでそれもまたつらいな――などとぐね悩んでいた、四月下旬の夜だった。

ふと、思い立った。

あのパスタ、作ってみよう。

三上本の中から一冊を抜き取って開く。三上本だって。笑える。でも、そうとしか言いようがないのだ。私が自分で選んで買うことはないような、本棚のなかで少し違和感があった――その違和感がときめきを運んでくれていた、何冊かの本たち。

高名なエッセイストの本の中から、まだ日本でパスタが珍しい食べ物だったころの、本場ヨーロッパのレシピを紹介した一節を探した。

あった。麺を硬めに茹でて、バターをからめ、パルミジャーノ・チーズをかける。本当にそれだけのようだ。簡単なので印象深かった。

パルミジャーノって何じゃーの、とスマホで検索したら、そのエッセイについての記事が出てきた。有名なんだな。厳密には違うけどパルメザンチーズ――いわゆる粉チーズで代用できるっぽい。

それにしてもこの本、かっこいいエッセイで面白くはあったんだけど、昭和のダンディが書いたものなのでナチュラルに女子を見下していてけっこうすごい。三上くんが何を思って私にこれを読ませたのかはよくわからない。小椋さんには薦めないだろうな。きっと静かにキレる。

ふふっと笑って、それからきゅっと胸が痛んだ。

近所のスーパーに行って、細めのパスタと、粉チーズを買った。緑色の容器に入ったおなじみのやつが、こんなに高いのかと驚いた。ファミレスとかで掛け放題だけど、いつか経費削減でなくなるような気がする。

自炊しようと思った理由は、もうひとつあった。

キャビネットの上から、飾っていたプレートを持ってきて、軽く水洗いする。シノワズリ風——三上くんが教えてくれた言葉。

鍋にお湯を沸かして塩を加え、パスタを沈めた。たまに袋のラーメンを茹でるときなんかは放ったらかしだけど、今晩はコンロから離れず、菜箸でゆっくりかき回しながら、私なりに丁寧に茹でた。

めったに使わないザルをシンクに出して、鍋を傾けた。もうもうと湯気が上がる。熱いってば。顔を背けながら湯切りしたパスタを、お皿に——

一瞬、ためらった。もったいない気がした。いや、何ももったいなくない。使えばなくなるわけじゃない。これが本来のありようだ。やれ、私。

お気に入りのプレートに、私が茹でたパスタを盛った。

それから、バターを厚く切ってからめ、やりすぎかってくらいチーズをかける。実家でこんな使い方をしたら母親に叱られそう。でも、ここには私しかいない。自由だ。

完成したパスタをリビングに持っていった。

おお……。皿がこれで、レシピが有名人のものだと、私みたいな自炊素人のシンプルなパスタもすごく高級に見える。

そっか、お皿って大事なんだな。これも料理の一部なんだ。

パスタはおいしかった。具もないし、塩胡椒やソースもないのに、豊かな風味が口いっぱいに広がる。自分で作った欲目もあるだろう。でも、それだって料理の一部だ。

この程度のことでも自炊と呼んでいいのなら——また、やってみようか。

6

そうして、ネットで見られる「時短レシピ」や「簡単レシピ」を中心に、少しずつ試してみる日々が始まったのだ。

ぜんぜん、毎日じゃない。気が向いたときだけ。でも、その「だけ」は週に何度か訪れて、現在も続いている。あんなできごとが料理をするきっかけになるなんてね。

誰かに食べさせるわけじゃない。自分のために作る。

雑でも下手でも、自分でけっこうおいしいじゃんと思えればオッケー。

それが心地よかった。自分で思っていた以上に、私の文芸部ライフは他人の評価に左右されて生きている時間だったらしい。だから、写真は撮るけどSNSには載せないことにした。

ハイブランドのお皿をふだん使いし始めたのもよかったと思う。私の素人料理を輝かせてくれるこれを、もっと好きになった。揃いの深皿や小鉢も、ただ憧れていたときよりもっとほしくなった。豚汁とか盛れたらきっとすごく楽しい。

一方で、イッスイに「外食っていいよねぇ」と話したのも掛け値なしの本音である。それに気づけたことも成長ですよ、成長。

母親にも圧倒的感謝の念が湧いたので、酔っ払ったときに「高校卒業までずっとごはんやお弁当を作ってくれて本当にありがとうございました」とメッセージを送ったらすぐに電話がかかってきて「しんどかったらいつでも実家に帰っておいで！」とすごく心配された。あまりにも不気味で、もしかしたら世を儚んだ娘からの最期の挨拶じゃないかと思ったらしい。

小説は、なかなか書けない。

これこそ、三上くんに褒められたから——褒められるためにやっていたことなので、それが得られなくなったらモチベーションはゴリゴリと下がった。小椋さんの言葉も胸に刺さっている。それに煽られて本音が出た他の人たちの評価も。私が書くのは他愛もないことなんだな、とさびしく再認識した。

三上くんは、本当にいい小説だと思ったのだろうか。ただ、新入部員のやる気を奪わないようにお世辞を言ったのだろうか。

それとも、私という女を彼なりにそのときは気に入って、自分に引き寄せるために、過剰に褒め称えたのだろうか。

もしそうならバカにしている、許せない——とは、実はそんなに思わなくて、それならそれでけっこう悪くなかったな、という気分であるのだから、私に小説を書く内的な必然性みたいなものは薄いんだろう。

悪くなかったな、と思えるのは悪くなかった。それはつまり、いい思い出に落ち着きつつある証拠なので。

そんなある日の夜のことだった。

明日作ろうと思っている料理の仕込み（仕込みだって。ハハッ。私がそんな真似をねぇ）を終えて手を洗っているところで、スマホが着信を知らせた。

画面に出た名前に、私は固まった。

待っていれば時空を超えていつか来るもんだな、連絡。とうとう就活が終わって、ちょろい後輩をあらためてキープしておく余裕が生まれたのだろうか。

*

大学から少し離れたところにある喫茶店で、久しぶりに向かい合った三上くんは少しだけ疲れて見えた。私を惹きつけた静かな不遜《ふそん》さみたいなものが薄まっているのは、就活で削られたせいだろうか。

夕方だけど、まだ窓の外は明るい。いつなら会えるかメッセージで尋ねてきたので、翌日を指定したらこの時間になった。

「内定おめでとうございます」

と、私は言った。地元に本社がある全国的に有名な家具会社に採用されるらしい。私が面接官でもこの人は落とさないだろうな、と思う。他人から軽んじられない人だ。きっとこれからも。

「来てくれて、ありがとう」

三上くんはそう言って、済まなそうに微笑んだ。

「新井さんを、うまく守れなかった。謝りたかったけど、連絡する勇気が出なかった」

「いいんです。私が小説を書く人としては意識が低いのは、その通りなので」

「そんなことはない」

三上くんは首を横に振った。

「僕も、混乱していた。彼女の問題提起に、考えさせられていた。君と同じだ」

三上くんは——と、私は思うのだ。イッスイが想像した通り、小椋さんにも私と同じように近づいていったのだろうか。誰も知らないことがふたりの間に起こって終わり、その結果、あのきれいな子は文芸部から遠ざかったのかもしれない。こんなのは自意識過剰な考えすぎで、ただサークルの雰囲気に合わなかっただけかもしれない。

三上くんを問い質す気にはならなかった。どうであっても、私がひとりで慣れない料理に取り組んでいる間に、すべて過ぎ去ったことだ。

同じ学年だし、見かける機会はときどきあるけど、小椋さんはいっさいこちらのほうを見ない。避けているという感じがない。最初から私と出会ったことなどなかったかのようである。その超然とした態度は、なぜか決して嫌いじゃない。

「今晩は、忙しい？」

ふいに、三上くんは訊いてきた。

予想しなかったわけじゃないけど、それでも、私は息を呑んだ。

眼鏡の奥の目が、私をかつてのように見る。

ゆっくりと、人に耳を傾けてもらうことに慣れた声で、三上くんは言った。

「新井さんと、また話したかった。ずっと」

ふざけんなこの野郎と思った私はにっこりと微笑んでみせ、安堵の気配を出して油断した三上くんの鼻面をお冷やのグラスの底で殴りつけた——なんて反応が本当は小説みたいで格好いいと思うのだ。

私は、そこまで強くはなかった。

ぜんぜん、強くなんかなかった。

正直言って、心が大きく騒ぎたった。今でもこの人の誘いは、私にとってそれだけの引力があった。いい人だから好きになったんじゃない。こういういけ好かない文学青年に興味を持ってもらったから、私は高揚したのだ。

私は、ひとつ息を吸った。

それから、三上くんにこう答えた。

「豚肉が待ってる」

三上くんが意外そうに目を大きく開くのを初めて見たと思う。

なんだかもう、それだけでかなり満足だった。

私が言ったことでこの人を動揺させられたという事実が、ずっと心臓の血管に詰まっていたものを溶かして消し去ったような心地がした。

「漬け込んでる豚肉が冷蔵庫で待ってるから、今日は帰ります」

ビニール袋に豚ロースを入れ、塩と醤油としょうがと日本酒と、あとヨーグルトを加えてよく揉んだものを、私は昨夜《ゆうべ》から冷蔵庫で寝かせているのだった。肉料理レベル2である。

ぶっちゃけ、今日じゃなくたってよかった。でも、何か理由がほしかった。三上くんの誘いを振り切るための口実が。

それは明日にして、僕と過ごそうと言われたら――ついていったかもしれない。

じゃあ、また今度会おうって言われたら――日程を決めたかもしれない。

でも、三上くんはあきれたように息を吐いて、目を伏せて、

「そうか」

と言った。

「それが、君の答えなんだね」

今度は、バーカこの野郎、と心の中で叫ぶことができた。

私はひとり、白い陽射しを浴びながら、地下鉄の駅に向かってずんずんと歩いた。歩きながら泣いた。すれ違う人に変な目で見られたけど、涙は止まらなかった。嗚咽《おえつ》をこらえるので精一杯だった。最後まで舐められっぱなしだったけど、私は三上くんが好きだった。そのことは、私だけは覚えていようと思った。

メンタルがへちょへちょでも、しょうが焼きの調理はちゃんとできた。泣き疲れて集中力に欠けている自覚はあったので、いつも以上にレシピをひとつひとつ確認し、焼く時間もタイマーをかけて正確さを心がけた。

自分が自分を裏切らないのが、嬉しかった。

「おいしい」と声に出しながら、香ばしいお肉を食べ、ヱビスビールを飲む。ふいに鼻がつんとしてしまうけど、しょうがが効いているせいだ。きっと。

大丈夫だ。今夜の私も、お酒もご飯も楽しい。

7

この結末を、イッスイは非常に喜んでくれた。私の選択は正しかったんだろうけど、お前、人の失恋を喜びすぎじゃないか？　ってくらい。

「お疲れちゃん会をしてやりてえけどなぁ。まだ外食はダメなんだべ？」

と尋ねてきたので「私の家に来る？」と誘った。

小樽や網走のクラフトビールを何本もおみやげに持ってきてくれたイッスイのリクエストに応えて、私はガパオライスを作った。まず目玉焼きを作って皿に移してから、同じフライパンにピーマンと鶏のひき肉を入れ、にんにく、ナンプラー、唐辛子、オイスターソースをかけて炒める。お米は普通に炊飯器で炊いてある。

イッスイは台所の私のようすをのぞきこんで、

「手首が固いなぁ」

「火力強すぎね？」

「空いた時間でそのボウル洗ったらいいしょや」

などと口やかましい。

「まだ自炊歴が何ヶ月もないんだから厳しいこと言わないでくれる？」

私はしかめ面で応える。なかなか手際よくできているかも、と密かに自画自賛していたので地味にショックだったけど、まあ、別によかった。イッスイには下手と思われてもいい。友だち相手に、それを恐れる必要はない。

イッスイのは例のお皿に、私のは百均の白いお皿に盛りつけた。

「えっ、このプレート、なまらかわいくね？　高いの？」

理想的な反応をしてくれたのは嬉しいけど、次いでいきなり値段を訊くイッスイに笑ってしまう。「高いよ」と答える。

相変わらずの態度のイッスイだったけど、ひと口食べるや否や、晴れた日の海の水面みたいなきらきらした瞳を私に向けてきたので驚愕した。このやさぐれた人がこんな美しい目を……。たちまち恋されたかと思ったほどだ。

「サオリ、これ、うんまっ」

「ほんと?」

「まじまじ。マジLOVE。いつか食べた店のやつの十倍うまい。これがガパオライスだよ。さっきは失敬。やるねぇ君」

ワッハッハと笑って、イッスイはゆっくりと嚙みしめながら食べてくれる。その様子を見ながら、私は夏っぽい爽やかな香りの小樽ビールを飲む。人と食べるご飯が久しぶりにおいしい。

数日後、私はノートパソコンを開いて、新しい文書ファイルを作成した。

書けるかどうかわからないけど、書いてみようという気持ちになったのだ。

厳しい評価だった高校生の青春ものを、長くしてみたくなった。自分ではけっこう気に入っていたのだ。やっと冷静に読み返せるようになって、主人公の男女の性格や生活を書き込んで、登場人物も増やして、もっと活き活きした世界を作り上げられないだろうかと考えた。

まだ籍を置いている文芸部で、提出するかしないかは自由だった。ネットに載せてみてもいいし、イッスイだけに読んでもらってもいい。うまくいかなかったら誰にも見せずに寝かせてしまってもかまわない。

たぶん、料理のように書けばいいのだ。

つたなくてもいいから、自分のために。

私はキーボードを打ち始める。これを書き上げられたら、そのときは外食に行ってみようと思っている。

対岸の恋

織守きょうや

織守きょうや（おりがみ・きょうや）

1980年ロンドン生まれ。早稲田大学法科大学院修了。2012年『霊感検定』で第14回講談社BOX新人賞Powersを受賞してデビュー。15年『記憶屋』で第22回日本ホラー小説大賞読者賞を受賞。著書に『ただし、無音に限り』『夏に祈りを　ただし、無音に限り』『花束は毒』『キスに煙』『まぼろしの女　蛇目の佐吉捕り物帖』などがある。

俺たちは恋をしていた。

誰にも言えなかった。


「セーフじゃない？　血はつながってないわけだし」

「そういう問題じゃないの。わかるでしょ」

「……だよね。ごめん」

十七歳の女の子に「わかるでしょ」などとたしなめられるのは情けない話だったが、本当は俺もわかっていた。そういう問題ではないのだ。

一見、そこだけが問題であるように見えて、その実、問題は、そこにはないのだった。

実姉、莉子《りこ》が結婚することになった。俺には義兄ができ、さらに、彼には映奈《えな》という高校生の妹がいるので、義妹までついてくるという。

親同士の再婚と違って兄姉同士が結婚した場合、その弟妹がどういう関係になるのか、法律上どうなっているのかはよく知らない。そもそも、入籍は今日の予定だから、まだ戸籍上は他人なのだが、「両家の顔合わせ」として引き合わされたときから——二対二の小規模な食事会だったが——、俺たちは家族ということになっている。

今日はその映奈と、海へ行く。

家を出る莉子を見送った後、俺は使い慣れたキッチンの、使い慣れたガス台の前に立った。フライパンを軽くゆすり、火を消して、中身を皿にあける。ごま油の香りが食欲をそそった。弁当箱に詰めるのは冷ましてからだ。熱いうちにつまみ食いをしたくなったが、調理中の味見だけで我慢する。

フライパンを使う料理はこれで最後なので、お湯で洗い、水気を飛ばしてから、キッチンペーパーで薄くサラダ油を塗った。

調理器具を洗って、所定の位置にしまった後で、冷ましておいたおかずを、一つずつ弁当箱がわりのタッパーに詰める。

普段は、酒飲みの莉子のため、栄養のバランスを意識して料理をしていたが、今日は何も考えずに、自分の好きなものだけを作った。

とはいえ、白和《しらあ》えとか胡麻よごしとか、和風の味付けや野菜メインの惣菜が好きなので、好き放題に詰めた割に、結果的にはバランスのとれたメニューになった。

ピーマンとじゃこのごま油炒め。なすの中華風煮びたし。豚肉の野菜巻き。中身はえのきと、細切りにしたズッキーニの二種類だ。それから、卵焼き。海苔を巻いたり大葉を巻いたり、しらすを混ぜたり、バリエーションはいろいろあるが、今日はシンプルな出汁《だし》巻きにした。砂糖は入れない。かわりに、塩少々。

豆腐をつなぎに使った肉だんごの甘酢あんかけは莉子の好物だ。弁当用の残り——残りのほうがずっと多い——を別のタッパーに入れ、冷蔵庫の扉を開けた後で、思い直して冷凍庫のほうにしまった。

ほかのおかずも、小分けにして冷凍した。これだけあれば、三日分にはなる。

調理台を拭き、除菌洗剤を溶かした湯の中にふきんを浸《つ》けた。

アルミホイルの仕切りをしておかずを詰めたタッパーを、乾いたふきんで包み、アルミホイルで包んだおにぎりを二つその上にのせて、紙袋に入れる。壁に掛けられたカレンダーの、今日の日付にマルがついている。マルをつけたのは俺で、我ながら几帳面《きちょうめん》なその円の内側には、莉子が赤いペンで描き足したいびつなハートマークが躍っている。

弁当を袋ごと、通学にも使っているショルダーバッグに入れ、肩にかけて家を出た。

映奈とはまだ、別々に暮らしている。

姻戚《いんせき》関係になるとはいっても、ついこの間まで赤の他人だった相手だ。兄姉たちも、さすがにほぼ初対面の女子高生と男子大学生を同じ屋根の下に住まわせようとは考えていないようだった。入籍後も、当面はこれまで通り、俺は莉子と、映奈は兄の薫《かおる》と暮らすと聞いている。今後同居するかどうかも含めて、映奈が高校を卒業するか、俺が大学を出て就職するかしたタイミングで改めて考えようということになったようだ。のんきな彼らしい。何もわかっていない。

「お待たせ」

「待ってないよ。時間ぴったり」

映奈は、彼女が兄と住むアパートの駐車場の、水色の車の前に立っていた。家の中で待っていればいいのに、律儀なことだ。手には、まちのある、キャンバス地のトートバッグを提げている。

俺は自転車を、駐車場の端にある屋根つきの駐輪場に停めて、彼女から車の鍵を受け取った。

運転免許は、バイトで貯めた金でとった。大学に入ってすぐだ。莉子が会社の飲み会で酔っぱらったときなんかに迎えに行けるようにだったが、車を買う金はなかなか貯まらなくて、まだ姉を乗せて運転したことはない。運転自体が久しぶりだった。

映奈は、初心者の俺の運転を怖がるそぶりも見せず、助手席に座った。座り慣れている感じがした。この車は彼女の兄のものだから、実際、慣れているのだろう。シートベルトをして、膝の上にバッグを抱えた。

俺は自分のショルダーバッグを後部座席に置いてから、運転席に座った。

「ナビの使い方、わかる?」

「うん。まずは買い物だよね」

映奈は慣れた手つきでカーナビに目的地を設定する。

俺と映奈が、二人で出かけるほど近い関係になっていることを、莉子たちは知らない。後で知ったら、きっと驚くだろう。

三か月前、食事会の席で、俺と映奈は初めて引き合わされた。その後も、当面同居はしないとはいえ、家族になるのだからと、たびたび莉子は俺を連れて薫と映奈のアパートを訪ね、薫は映奈を連れて、俺と莉子の住むアパートを訪ねた。食事の支度《したく》をするのはいつも、俺と映奈だった。映奈は料理に慣れていて、高校生とは思えないほど手際がよかった。慣れないそれぞれのキッチンで、俺は映奈を、映奈は俺を手伝った。この人は相手の家庭で、料理を作る担当なんだな、とお互いに言わなくてもわかった。

義兄になる人に料理を誉められても、莉子がそれを自分のことのように誇らしげにしているのを見ても、俺は少しも嬉しくなかった。映奈も同じだっただろう。

俺たちは同類だった。初めて顔を合わせたとき、すぐにわかった。

彼女は自分と同じ、絶望した目をしていた。

俺も映奈も、兄姉たちと違って、すぐに人と仲良くなれるタイプではなかった。家族が増えるなどと言われても、嬉しい気持ちはひとかけらも湧いてこなかったし、映奈もそうだっただろう。

しかし、もちろん、表面上は祝福した。そうするしかなかった。本心に気づかれるわけにはいかなかった。


ホームセンターで買ったものをトランクに詰め、運転席へ戻る。

シートベルトをして、カーナビをセットする。

「海でいいんだよね」

「うん。山より海が好き。あ、けど、寒いかな」

「いいんじゃない？　この時期だと人いなそうだし」

俺も、山より海のほうが好きだ。山には虫がいる。それに、初心者の運転で山道を走るのは無謀な気がした。

「海のほうがいいよ。海見ながらお弁当食べよう」

それから一時間ほど走った。道は空《す》いていたし、ナビがあったから、それほど苦労はしなかった。映奈はあまりしゃべらず、俺も運転に集中した。

走っているうちに景色が変わって、高い建物がほとんど見当たらなくなる。踏切が開くのを待つ間、映奈がほんの少し窓を開けたら、入ってくる風に、潮のにおいを感じた。ナビによると海へ行く道のはずなのに、何故か住宅街の細い路地を通ることになり、ちょっと焦った。合ってるのかなこれ、でも海のにおいするよ、と映奈と励まし合いながらのろのろと車を進める。クリーニング店の角を曲がり、フラダンス教室の看板の前を通り過ぎると、海が見えた。

「これ、下に降りられるのかな」

「あ、左にスロープがあるっぽい」

「砂浜に車で乗り入れるの怖いな。タイヤが埋まって出られなくなったら」

「大丈夫じゃない？　車用にスロープがあるんだろうし」

まあそうか、と俺は頷いた。

埋まっても、そのときはそのときだ。

そろそろと緩《ゆる》いスロープを降りてみると、その先は舗装されていた。防波堤のそばに車を停め、エンジンを切る。

ドアを開けたとたんに、さらに潮のにおいが押し寄せてきた。

「さすがに人いないね」

「まあ十一月だしね」

スマホを取り出して時間を見る。思っていたより時間が経っていた。住宅街に入ってから少し迷ったからだ。急ぐ理由もないので、別にかまわない。

「スマホ、そろそろ電源落としておく?」

「そうだね。邪魔されたくないし」

弁当も電源を切ったスマホも、座席の上に置いて車を出た。

海の近くは思っていたより肌寒い。少しだけ波打ち際を散歩したが、意外と水が撥《は》ねることがわかって、すぐに離れた。

もともと、山よりましというだけで、海が好きというわけでもない。映奈も、特に海に思い入れはないようで、二、三分歩いたところでもう、弁当を食べようか、ということになった。

車の中で食べてもよかったが、せっかく海に来たのだからと、座れそうなところを探した。スロープから十メートルほど離れたところにコンクリートの階段があったので、そこで昼食をとることにする。

「潮風の影響か何かで、海でおにぎり食べるとおいしいって聞いたことある。一回検証してみたかったんだよね」

「それって、海に来て遊んだ後だったらおなかすいてるからおいしく感じるとかじゃなくて?」

「どうだろ。そうかもしれない」

海に来て遊んだことなんてないからわからない。

映奈はどうだろうか。小さいころ、兄と一緒に、海で遊んだことがあるのだろうか。


莉子と俺は血はつながっているが、子どものころ両親が離婚し、それぞれ父と母に引き取られた。俺は当時三歳かそこらだった。莉子は十一歳だ。つまり俺は、物心ついたころには姉と父とは別居していた。母親の意向で、俺の名字は父方のもののままだったが、名字が同じだからといって、父や姉とのつながりを感じていられたということはない。両親は面会の取り決めをしていなかったので、父とも姉とも長く会うことがなかった。

中学生のとき、母が死に、その葬儀で父と姉と再会して、交流が始まった。俺の認識としては、ほとんど他人のようなものだ。経済的に援助をしてもらえて助かったが、家族という意識はなかった。しかし、父はともかく、姉の莉子は、ことあるごとに俺に会いにきては食事や遊びに連れ出したり、家族らしいことをしたがった。

そして、俺は、高校入学と同時に、先に上京して就職していた姉と暮らすことになった。

このときも、「一緒に住めばいい」と言い出したのは莉子で、当時中学三年生だった俺は戸惑った。何言ってるんだこいつ、と思った。しかし、莉子は本気だった。

お人よしにもほどがあると思ったが、莉子はそれを当然だと思っているようだった。両親が離婚した当時十一歳だった彼女は、小さな弟の俺を覚えていて、だから、何年も会っていなかった不愛想な中学生の俺を前にしても、すぐに家族として受け入れられたのかもしれない。そのころ、父親は再婚して別の家庭を持ったばかりだった。それでなんとなく人恋しかった、というのもあるだろう。

莉子がそんな調子だったからか、俺も、思っていたよりずっと早く、二人暮らしに慣れた。2DKのアパートは、エレベーターがないとか駅から遠いとか、不便なことはあるが、おおむね快適だった。

学費と引っ越し費用は父親が援助してくれたが、家賃も水道光熱費も食費も、莉子の収入で賄《まかな》われていたから、俺はせめてできることをしようと、家事一切を引き受けた。莉子は、これを喜んでくれた。特に、俺の作る料理を、おいしいおいしいと嬉しそうに食べた。一人暮らしのときは、掃除や洗濯はしていたが、料理は全くしなかったらしい。

莉子は家にいるときはよれよれのスウェットを着て、缶ビールを片手にテレビでスポーツ観戦をしたり、ドラマを観たりしていた。ソファに寝転がっただらしない姿勢で、そのまま眠ってしまうことも多い。

料理をしていると、キッチンのカウンターごしに、ソファに寝転がってテレビを観ている莉子が見えた。

それだけで安心した。

ごはんできたよ、と声をかけると莉子は飛び起きて、いそいそと小さな丸テーブルに移動してくる。

「あーおいしい最高……この味よこの味」

「どこの店で食べるより断然おいしいんだけど。私の弟天才すぎない？」

「世界一おいしい。もうこの味がなきゃ生きていけない、私」

大げさな誉め言葉を並べて、その言葉のとおり、いつも幸せそうな表情で、残さず食べてくれた。

俺は母と二人暮らしのときから家事をしていたが、莉子と暮らし始めてから、本やネットでレシピを調べて、それまで以上に色々な料理を作るようになった。

喜ぶ顔が見たかった。それは本当だが、それだけではなかった。

「帰ってきたら家はきれいでお風呂沸いててあったかいごはんがあって、しかもそれが超おいしくて、あーもう幸せ。満ち足りてるってこういうことだよね」

「それはよかったね」

「私何もできなくてごめんねえ、上げ膳《ぜん》据え膳で……」

「役割分担だよ。俺は料理とか苦じゃないから」

「ええ～いいのかなあ甘えすぎじゃない？」

「家ではゆっくりして、明日からまた稼いできて」

ごろんごろんとソファの上で右に左に寝返りを打ちながら、莉子は緩んだ表情でいる。

俺はカップアイスとスプーンを、「デザート」と、寝そべったままの莉子に手渡した。莉子は身体を起こして、笑顔で受け取る。酒飲みの上、甘いものも好きなのだ。そのせいか、三十手前になって下腹に肉がついてきたと本人は嘆いている。

「私がお嫁に行けなくなったら理貴《まさき》のせいだからね」

アイスをスプーンですくいながら言った。これは莉子の口癖だ。

望むところだった。むしろ、そのためにやっている。俺なしでは生活ができなくなって、俺を置いていかないように。

それなのに、莉子は、このずぼらでお人よしの姉は、結婚するのだという。

それも、今日。結婚式を挙げないかわりに、お互いの友達を呼んで、行きつけのレストランでささやかな披露宴をすることにしたそうで、二人で婚姻届を提出したら、その足でレストランへ向かうと聞いている。今ごろ、準備で忙しくしているはずだ。

車の中からそれぞれが作った弁当を取り出し、階段のところまで歩いて、ひんやりとした石段に座った。飲み物はホームセンターで買ったペットボトルのお茶だ。

「ウェットティッシュあるよ」

「ありがと」

俺たちは、なんとなくお互いの弁当箱を交換した。どちらがどちらを食べる、とは決めずに、食べたいおかずに好きに箸を伸ばそう、ということになってはいたが、自分の作った弁当が自分の膝の上にあると、そればかり食べてしまいそうだったからだ。

映奈の弁当は、赤い楕円形の弁当箱におかずを詰めて、小さめのタッパーにおにぎりを詰めるスタイルだ。普段、学校に持っていくときは、弁当箱にごはんもおかずも一緒に詰めているという。今日は俺がいるから、多めに作ってきてくれたらしい。

詰められたおかずは、アスパラのベーコン巻きとか、ミニハンバーグとか、ブロッコリーのチーズ焼きとか、洋風のものが多い。ぱっと見ただけでは、何なのかわからないものもあった。彩りがよくて、俺の作った弁当とは見た目からして違う。おにぎりも、俺のは三角形で、映奈のは小さい俵形《たわら》だ。これは純粋に手の大きさの違いだろう。

いただきます、と二人して手を合わせて食べ始める。

「人が作ったお弁当食べるのなんて、いつぶりかわからないくらいかも」

「私も」

たまには誰かに作ってほしい、などと思うこともなかったのだ。ずっと作る側で、そのことに不満もなかった。

莉子のために料理をしなくてよくなったら、むしろ存在意義が揺らいで、どうしたらいいかわからなくなりそうだ。

今は、俺は莉子と、映奈は薫と住んでいる。これまでと変わらず。しかし、今日から、莉子は池田《いけだ》莉子になる。俺とは名字が違ってしまう。それは新しい家族を作る、準備のようなものだった。

卒業したら出ていけとも、出ていくとも言われていない。しかし、俺が大学を卒業したら、このままではいられないことだけは間違いない。莉子は薫と住むだろう。二人で新しい部屋を借りるのかもしれないし、今の部屋に二人で住むのかもしれないし、薫の部屋に莉子が行くのかもしれない。

さらに悪い可能性としては、映奈と三人で、あるいは俺も入れて四人で住もうと言い出すおそれすらあった。始末の悪いことに、あの二人は弟妹を愛していて、しかも最高にいい子だと信じているのだ。それについては俺たちにも責任がある。そう信じさせるために、そういう風にふるまってきたのだから。

しかしいずれにしても――四人で住む家を用意されたとしても――そこに俺の居場所がないことに変わりはなかった。

それは、映奈にしても同じことだ。

映奈の作った卵焼きは甘かった。

これは何だろう、と思って食べてみた正体不明のおかずは、シュウマイをケチャップで煮たものだった。ピリ辛でおいしかった。莉子が好きだろうなと思った。

なんだか現実味がなかった。

たった二人きりの兄姉の結婚披露宴をすっぽかして、俺たちは今ここにいて、手作りの弁当なんかを広げている。

「あ、卵焼き、しょっぱいやつだ」

俺の作った卵焼きを食べた映奈が呟《つぶや》いた。

「ああ、うちのは塩を入れるんだ。姉貴が酒飲みで、しょっぱい味付けが好きだから」

「そうなんだ。最初びっくりしたけど、ごはんに合うね」

映奈は箸で半分に切った卵焼きの残りを口に運ぶ。おいしい、と小さい声で言った。

「お兄ちゃんも、ほんとはこういうのが好きなのかも。私に合わせていただけで」

もしそうだとしたら、おまえが大事だからじゃないの、と思ったが、口には出さないでおいた。俺に言われても意味がないだろうし、それに、今さら言っても仕方がないことだ。

「甘いのもうまいよ」

とだけ言った。

味付けの違いは、そのまま、誰のために作っているかの違い、薫と莉子の好みの違いだった。何年もの間、その人のためだけに作っていたから、それが基準になるのは当たり前だった。料理だけじゃない、俺たち自身も、もう、そういう風になっている。

もういらないと言われたところで、今さら違うものにはなれなかった。

映奈は魔法瓶に味噌汁を作って入れてきていた。インスタントじゃない、ちゃんと出汁を引いた味噌汁の味がした。

最初に二人きりで話したのは、数週間前、薫に連れられて、映奈が夕食を食べにきたときだった。

料理は俺が担当していたが、足りないものがあって、買ってくる、と言ったら、映奈もついてきたのだ。そのときは、気を遣って莉子と薫を二人きりにしてあげたのかな、と思ったが、今なら、その場に残されて、二人と自分、という図式になるのが嫌だったのだろうとわかる。

エレベーターの中で映奈が、直前までいじっていたスマホを落として、俺が拾った。そのとき、検索バーに「自殺　方法」と打ち込まれているのが見えてしまった。気づかなかったふりをしようと思ったが、

「お兄ちゃんには言わないでね」

映奈はスマホの埃を払いながら、淡々と言った。

俺に画面を見られても、動揺している様子はなかった。

「莉子さんにも」

念のため、というように付け足される。

「言わないよ」

俺が答えると、うん、と頷いて、スマホを薄い上着のポケットにしまった。

「全然動揺しないね」

それはこっちのセリフだった。

「やっぱりなって思った。気づいてたでしょ」

探るような目を向けられる。質問の形をとってはいたが、映奈はほとんど確信を持っているようだった。

「勘違いかもしれないけど、マサキさんって」

「マサキでいいよ」

映奈の言葉を遮《さえぎ》って言った。

「それに、勘違いじゃない。気づいたのは、俺も同じだからだよ」

そっか、と映奈は短く言ってうつむいた。すでに一階に着いていたエレベーターのドアが閉まりかけたので、慌てて「開」ボタンを押して外へ出る。

「私のことも、映奈でいいよ。なんか、家族？　になるらしいし」

「ああ、らしいね」

冗談じゃないよね、とは言わなかったが、二人とも、お互いの口調からしっかりそのニュアンスを感じ取っていた。

初めて会ってから二か月ちょっと、打ち明け話をするには早すぎる。

しかし映奈は、誰にも言えなかったことを共有できる、初めての相手だった。ましてや、相手も同じ秘密を抱えているとなればなおさらだ。状況が状況だったから、話が弾むということはなかったが、お互いを仲間だと認識して、急激に、俺たちの距離は近くなった。

俺たちは二人とも、誰にも言えない恋をしていた。

「うまいね、料理」

「そっちこそ」

「何年もやってるもん。お兄ちゃんにお金出してもらって守ってもらって、私にはそれしかできることがなかったから必死だったの」

俺たちは、ゆっくり歩きながら話をした。

莉子たちは今ごろ、気を遣わせちゃったね、なんて話しているのだろうか。このままどこかへ行って帰らなかったら二人はどう思うだろうか、と埒《らち》もないことを想像した。するつもりもないことを。

「でも、私が料理なんか全然下手くそで、出汁が何かも知らないで作ってたころから、お兄ちゃんはいつも、おいしいって食べてくれたんだ」

それは、俺にも覚えがあった。

だから好きになったという単純な話ではない。ただ、好きな相手にそう言われれば、もっと好きになるし、自己弁護させてもらえば、そこに自分の存在意義を見出してしまうのは仕方がないことだった。

「卵とネギしか入ってないチャーハンでも、すげーうめー！　って喜んでくれて、それで私、もっとおいしいもの作ろうって、いっぱい練習した。もう外で飯食えないなって、映奈の飯が一番うまいよって、言ってくれてたのに」

卵焼きも作れないような女と結婚されてしまうなんて——とは、映奈は言わなかったが、勝手に心の中で付け足して同情する。俺も同じことを思ったから、気持ちはわかった。相手に対して特に思うところがあるわけではなく、ただ、それが自分ではないということが問題なのだ。

俺が一番莉子の好きなものも嫌いなものもわかっているのに。一番、おいしいものを作ってやれるのに。誰より莉子を大事にするのに。幸せにするのに。

莉子にとっても、自分が一番近い存在だと思っていた。恋人より家族のほうが、ずっと一緒にいられると、負け惜しみでなく考えていたのだ。

胃袋をつかめば安心だなんて、本気で信じていたのだろうか。自分でもわからない。しかしきっと、信じていたかったのだろう。他人事《ひとごと》のように、そう思った。

「うちの両親、まあもう別れちゃったんだけど、連れ子同士の再婚だったから、私とお兄ちゃんは血がつながってないの。でも、家族になったとき私は二歳になるかならないかだったし、お兄ちゃんからしたら、あの赤ちゃんだった妹がこんなに大きくなって……みたいな感じなんだよね。いつまで経っても、私に向ける目が」

ああ、上のきょうだいってそうだよね、と俺は頷く。莉子も同じだ。こっちは何も覚えていないというのに、おむつを替えてあげたことがある、などとデリカシーのないことを平気で言う。

「もうね、昔から、めちゃくちゃ可愛がられて、お姫様みたいに大事にされて、両親が離婚してばらばらになりそうになったときも、私がお兄ちゃんと住むって言ったら、いいよって言ってくれてね。私としては、間違った自信を持っちゃったわけ。お兄ちゃんにとって一番大事なのは自分だって」

内容自体は微笑《ほほえ》ましい思い出話なのに、映奈は苦々しげに話している。

買い物を終え、エコバッグに買ったものを詰めながら、

「大きくなったらお兄ちゃんのお嫁さんになる！　ってやつ、やった？」

ふと思いついて訊いたら、映奈はますます苦い表情になり、「やった」と答えた。

「もはやお約束だよね。でも、私は本気だったんだ。お兄ちゃんだって、まじで？　嬉しいな、なんて、調子のいいこと言ってたんだよ。もちろん、小学生にあがるころには兄妹で結婚はできないって知ってたけど、でも、大きくなってからも忘れなかった」

スーパーを出て、数メートル歩いたところで、話しながら映奈は足を止める。

「恋人になれなくても、一番大事なのが私ならいいやって思ってた。結婚できなくても、ずっと一緒に暮らして二人きりの家族でいれば、同じことだって思ってた。だから、叶わない夢じゃないと思ってたの。甘すぎだったけど」

俺は数歩歩いたところで、彼女が止まっているのに気づいて立ち止まった。

振り向いた俺に、映奈は釘を刺すような目を向ける。

「おまえのそれは恋じゃないとか言わないでよ」

「言わないよ」

瞬時にそう返した後で、

「言われたの？」

俺が尋ねると、映奈は不満げに眉根を寄せた。

「言われてないけど、絶対言いそう。好きだなんて伝えたら」

言いそうだ。容易に想像ができてしまう。

「莉子も言いそうだな、それ」

俺が言うのに、映奈は「でしょう」というように大きく頷いた。

女の子の片想いはまだましだ。男の場合、恋情を悟られた時点で一巻の終わりだった。多くの場合、恋は欲とワンセットだから、血のつながった弟に恋愛感情を向けられるなんて、莉子にとっては嫌悪と恐怖でしかないだろう。

この恋を叶えたいと思ったことは一度もない。叶うはずもないとわかっていた。叶ったら叶ったで地獄だよなとも思っていた。それは本当に恋なのかと言われると正直、わからない。誰だってそうだろう。確かめようがないだろう。

それでも、俺にとっては、そしておそらく映奈にとっても、これは間違いなく恋だった。

俺が持ったエコバッグの中の調味料と食材に目をやり、映奈は小さく息を吐く。

「あの人たち、完全に〝食べる人〟じゃない。〝作る人〟は私たちで。食べる人同士で結婚して、二人でどうするつもりなのかなって思わない？」

「思うね。心から思う」

「でしょ、本当、私たちがいなかったら、何食べて生きてくんだろって」

ねえ、と笑って映奈は自分の靴先へ視線を落とす。

「だから、いっそ、いなくなっちゃおうかなって、考えてて。それで色々見てたの。さっき」

スマホの検索画面のことだとわかった。

そうか、うん、と短い言葉を交わす。

映奈はまだ立ち止まったままだ。

「お兄ちゃんが私を愛してることはわかってる。でも、一番じゃなくなっちゃった。それって死にたいほどつらいことなのに、誰にも言えないの」

俺と映奈は向かい合って立っている。

今にも泣き出しそうな、映奈の顔がよく見えた。

「結婚しないでなんて言えない。お兄ちゃんの幸せを喜べなかったり、お兄ちゃんの大事な人を嫌ったり、そんな妹じゃがっかりされる。一番どころか、二番目の座さえ失うことになりかねないから、平気な顔をするしかない」

地獄だよねと、映奈は吐き捨てるように言う。

「死ぬわけじゃないし、兄妹じゃなくなるわけじゃないけど、もう、私の隣にはいなくなるの。つらくてたまらないけど、それを止める方法はないの。お兄ちゃんに、つらいって言うこともできないんだよ」

「うん」

「何もできないの。何も食べないとか、手首切るとかしたら、せっかくこれまで可愛い妹だったのに、その立場すらなくしちゃう。どんなに困らせたってお兄ちゃんが結婚するのは止められないし、止められたとしたって、私のことめんどくさいって思われたら意味ないし、半端なことしたってどうせ、困らせたいだけって思われて終わりだし、だから、笑っておめでとうって言うしかなくて」

「うん」

わかるよ、と口には出さなかったが、伝わっていた。

お互いだけがわかっていた。

俺たちは同じだった。

映奈の目にはみるみるうちに涙が盛り上がり、次から次から、頰を滑り落ちていく。

「お兄ちゃんに邪魔者扱いされるくらいなら死んだほうがましだから、結婚の邪魔はできないけど、私が死んだらお兄ちゃん、罪の意識とか感じて、結婚もやめて、一生私にとらわれてくれるかもしれない。私は、死んだらもうしんどくないし、お兄ちゃんにずっと覚えててもらえるんだったら、それも、いいかなって」

俺はまた、うん、と相槌《あいづち》を打つ。

自分を見ているようだった。

相手が兄姉だということ以外は、どこにでもある失恋の話だ。ただ、違うのは、最初から叶うはずもないとわかっていること、誰にも相談できないこと、相手に伝えられないこと。だから、終わらせようがないこと。

想いを伝えて、昇華させて、一区切りつけるということができないせいで、ずっと一人で抱えるしかない。相手から離れることもできない。

俺には映奈の気持ちがわかった。

それは映奈にとっても俺にとっても、たぶん、慰めだった。根本的な救いにはならなくても。

映奈が楽になるような言葉は思いつかなかったし、彼女も、気休めを欲しがっているわけではないだろうとわかっていた。

俺はただ、同じ気持ちでそこにいて、映奈の泣き出すところと泣き止むところを見ていた。

「そろそろ帰らないと怪しまれちゃうね」

「大丈夫だよ。どうせ飲んでるだろうし」

ようやく洟《はな》をすする音が聞こえなくなる。映奈の声も涙声ではなくなっていた。

買ったものの中に缶ビールがあったので、目を冷やすのにいいかと思って手渡す。映奈は受け取って、それを交互に左右の目にあてた。

「さっきの話だけど」

アパートへ向かって歩き出しながら、

「手伝おうか？」

気がついたら、そう言っていた。

缶ビールを目尻に押し付けていた映奈は顔をあげ、俺を見る。いくらなんでも言葉が足りなかったか。言いなおそうか、それとも、何も言わなかったことにしようか、俺が考えていると、

「いいの？」

映奈が言った。

その表情で、自分の意図が正しく伝わっていたとわかる。

俺は頷き、「ていうか」と続けた。

「……よかったら、一緒に」

映奈に会う前から、考えていたことだった。

決めていた、と言ったほうがいいかもしれない。

まあそれしかないだろうな、と思っていた。

失恋なんてありふれた悩みで、みんな乗り越えていることなのに、何故自分にはそれができないのだろう。自分でも不思議だった。しかし、できないものはできないのだから仕方がない。

莉子に恋人ができたというだけなら、これほどのダメージは受けなかっただろう。

けれど莉子は結婚して、名字が変わって、新しい家族ができる。新しい家族の形を作る。

これまでは俺だけが家族だったのに。

莉子に俺より大事なものができて、そのせいで、俺はどんどん薄れていく。

自分のものにしたいわけではなかったかもしれない。それでも、誰かのものになってしまうのは耐えられなかった。

映奈の言うとおり、地獄だ。

伝えるのも伝えないのも近くにい続けるのも中途半端に離れるのも。

恋が地獄まで追ってくる。

逃げるためには消えるしかなかった。


ごめん姉さん。本当に悪いと思ってる。

二人きりの姉弟なのに、誰より愛しているはずなのに、幸せを願えないなんて。


時間をかけて食べ終わり、弁当箱を片付けて、車のトランクから、ホームセンターで買った七輪を取り出した。

方法は、映奈と相談して決めた。死体が汚くないのがいいとか、失敗が少ないのがいいとか、あとは、間違っても事故や事件として処理されないように、明らかに自殺とわかる方法がいいとか、条件は色々あった。

それで結局、ちょっとした嫌がらせも兼ねて、映奈の兄の車で七輪を使って練炭《れんたん》自殺をしようということになった。あらかじめ睡眠薬を飲んでおけば、眠りながら死ねるはずだった。

遺書は残さない。最後だからって、告白もしない。話し合って、そう決めた。

「トイレとか大丈夫？　俺は行ってこようかな」

「あ、私も行きたい」

「じゃあ順番に行こうか。上がって左にずっと行ったところに駅があるはずだから、そこでトイレを借りよう。待ってる間、準備してるから」

先にどうぞ、と映奈を送り出し、彼女がスロープを上がっていくのを見送る。車を降りて見上げると、上の道を駅へ向かって歩いていく後ろ姿が見えた。駅までは、往復に十分はかかる距離だ。

俺は後部座席に置かれていた映奈のバッグを車から降ろし、砂の上に置いた。それからエンジンをかけ、車を発進させる。海岸線沿いに車を走らせ、五百メートルほど先で停めた。ちょうど、砂浜へ下りる広めの階段があり、その陰になっているので、もといた場所からは見えにくい位置だ。

もっとこの場所から離れてもよかったが、ここは死に場所としてはなかなか悪くない。静かだし、邪魔は入らないし、目の前が海というのもいい。

エンジンを切ってから、睡眠薬をシートから一列分押し出して、ペットボトルのお茶で流し込む。自殺のための過剰摂取ができないよう、一度にたくさん飲むと吐いてしまうように作られている、とネットには書いてあった。本当か嘘かは知らないが、ありそうな話だと思ったので、一列分だけにしておく。睡眠薬はあくまでも、楽に死ぬための補助だ。

ガスが漏れないようにガムテープで四つの窓に目張りをしてから、七輪の中に着火剤を敷いて練炭を並べ、ホームセンターで買っておいたライターで火をつける。手順はネットで調べてあった。

どれくらいで苦しくなるものか、経験がないのでわからない。ネットの情報は曖昧だったが、どうやら、睡眠薬がない場合、完全に意識を失うまで三十分から一時間ほどかかるようだ。そこへたどりつくまでが苦しい、とも書いてあった。そこで、睡眠薬の出番だ。先に眠ってしまっていれば、一酸化炭素中毒の苦痛も関係がない。眠って待っているだけで、練炭が燃え尽きるころにはあの世へ行けるという寸法だ。

火がついたのを確認して、運転席のシートを倒す。深く息を吐いて、目を閉じた。

慣れない運転をして疲れていたし、腹もふくれているから、薬がなくてもすぐに眠れそうだ。

最後くらい、いい夢を見られるだろうか。さすがに虫がよすぎるかな。

頭に浮かんでくるのは、やはり莉子の顔だった。

不思議なほど穏やかな気持ちなのは、きっと、いつかはこうなると、ずっと前からわかっていたからだろう。

生きている限り自分からは離れられない。だからこうするしかない。

本当に愛しているのなら、幸せを願えるはずだった。けれど、俺にはできなかった。それどころか、平気なふりをするのも嫌われるのも耐えられないから自分は逃げて、ついでに相手の幸せをぶち壊してやろうなんて、最低最悪の方法で幕を引こうとしている。当てつけがましく、披露宴の当日に、結婚相手の車で、結婚相手の妹と心中する。

そうやって、人生の最後に、莉子に呪いを残していくつもりだった。

多少予定は変わったが、心中だろうが単独の自殺だろうが、与える衝撃の大きさは変わらないはずだ。

莉子は驚き、悲しみ、混乱するだろう。

家族を亡くした悲しみと、結婚を台無しにされた怒りと、よくわからない罪悪感と、たくさんの疑問と――きっと、めちゃくちゃに心をかき乱される。

想像すると、少し嬉しかった。

やっぱり俺は救いようがない。

優しい味の卵焼きを作る、映奈とは違う。

映奈はきっと乗り越えられる。乗り越えないまま、生きることもできる。

俺はだめだ。どうやっても正しくは在《あ》れないと、ずっと前にわかってしまった。

それならせめて最後に一つくらい、正しいことをするのもいい。

さっきの卵焼きうまかったな、と、意識が沈む寸前の境目のところで、思った。

どんっ、と衝撃が来て車が揺れて、俺は目を開けた。

何が起きたかわからず、左右を見ると、運転席の窓ごしに映奈の顔があった。

顔を真っ赤にして、ガラスに拳を打ちつけている。

「……なんでいるの」

スマホの電源を切っているから、正確にはわからないが、まだ大して時間は経っていないはずだ。

気づくの、早すぎじゃない？　と呟いた声は、映奈には届いていないようだった。

映奈は何か叫んでいるが、それも、俺には聞こえない。いや、聞こえてはいるが、よく聞き取れないし、内容が頭に入ってこなかった。ガラスに隔てられているせいか、睡眠薬のせいか、酸素が足りなくて頭が回らなくなっているのかはわからない。身体も動かない。

ぼうっと眺めていると、映奈はスマホの角を窓に叩きつけ始めた。壊れるって、と声をかけたが、やはり聞こえないのか、映奈は二度、三度と繰り返す。ガン、と硬い音は鳴るものの、窓ガラスはびくともしなかった。叩きつけた衝撃で映奈の手からスマホが飛ぶ。映奈の姿が消えたので、スマホを拾っているのかと思ったら、再度現れた彼女は手のひら大の石を握っていた。何やらわめきながら、今度はそれで窓ガラスを叩き始める。「ふざけんな」と「開けろ」だけがかろうじて聞き取れた。

思っていたより激しいなあ、とおかしくなって、こんなときなのに少し笑った。

車の窓は丈夫にできているから、そう簡単には割れないんだよ、と教えてやりたかったが、ガラスごしに届くほど声を張り上げる気力はない。頭痛がし始めていた。

うまく力が入らないのか、映奈はもどかしそうに石を投げ捨て、またどこかへ消えてしまう。何をしても無駄なのに。二人してここへ来た目的を考えれば、人を呼んでくる、という選択肢がないのはわかっている。そもそも、人気《ひとけ》のない場所だからここを選んだのだ。これだけ大さわぎしていても誰も様子を見にこないような場所だ。

もうあきらめなよ、と呟いて目を閉じた。

俺が死んだら、墓には甘い卵焼きを供《そな》えてくれ。

次の瞬間、がんっ、とこれまでとはけた違いの音と衝撃が来た。

ぎょっとして目を開けると、運転席側の窓ガラスに、ひびが入っている。

映奈は、何やら金属の、板状のものを手に持って立っていた。大きく振りかぶり、反動をつけて叩きつけると、ひびがさらに大きくなった。

二度目の音と衝撃で、意識が一瞬クリアになった。

このままだと、おそらく次の一撃で、ガラスは割れる。

自殺は失敗だ。その上車はダメになるし、俺はガラスを浴びることになるし、下手をしたら、警察沙汰になる。

「待って、ちょっと……開ける。開けるから」

だめだ、聞こえていない。窓が開いていても聞こえないくらいの、弱々しい声しか出なかった。

映奈が再度振りかぶったのが見えたので、俺は急いで——実際にはのろのろとした動作だったが――腕を伸ばし、ドアロックを解除する。

とたんに、勢いよくドアが引かれ、外の空気が流れ込んできた。

映奈は俺のシャツをつかむと、有無を言わさず車から引きずり出す。

それから、後部座席のドアも開けて七輪をひっつかみ、砂の上へ落とした。

練炭がこぼれ出て、ぱっと赤い粉が散る。

足がもつれてうまく歩けなかった。映奈が俺を、文字通り引きずって、車から離れさせた。

俺は湿った砂の上に手をついて座り込んで、映奈が練炭に砂をかけるのを見ていた。

すぐそばに、さっき映奈が振り回していた金属の板が転がっている。バーベキュー用のグリルのようだ。マナーの悪い誰かが捨てていったのだろう。

映奈は肩で息をしながら近づいてきて、俺の隣の、砂の上に座った。

信じられない、最悪、とぶつくさ言いながら、映奈は真っ赤になった自分の手のひらを広げ砂粒を払うような仕草をする。ところどころ、擦《す》り傷がついて、血が滲《にじ》んでいた。

「戻ってくるの、早すぎない?」

「エンジンの音がしたから引き返したの。そしたら、上から、走ってく車が見えたから」

俺のミスだった。それも、結構、いや、かなり間抜けな。

「すごいね。意外と、力あるね」

ため息まじりに言った、その声はかすれていた。映奈はそれを無視して、どういうつもり、と俺を睨みつける。

「映奈の荷物は置いといたでしょ。駅の場所も教えたし、電車で帰ってもらおうと思って」

「そうじゃなくて」

「別に、……俺だけでいいんじゃないかなって、思っただけ」

目を閉じて息を吐いた。頭は痛いし、身体も重かった。

いつもなら絶対にしないことだが、そのまま砂の上に仰向《あおむ》けになる。髪が砂まみれになるが、どうでもよかった。それより、眠い。

「披露宴当日に家族が自分の車で自殺って、それだけで十分トラウマでしょ。何も、二人して死ななくてもさ……結婚どころじゃなくなるって。まあ、残ったほうも、地獄なのは変わらないけど」

二人は、気まずくなって別れるかもしれない。そうしたらいつか、映奈にもチャンスは来ないとも限らない。俺と違って、映奈は兄と血がつながっていないのだから。

「一人でいいなら、より望みのないほうが死ぬのが、なんていうか……生産的、かなって。思っただけ」

結局、叶わなかったとしても、映奈はきっと乗り越えられる。今は無理でも、いつか。根拠はないが、そんな気がした。顔を真っ赤にして車の窓を叩いていたのを見て、それは確信に変わった。

おまえは大丈夫だよなんて、無責任なことは口には出せなかったけれど。

俺はだめだよ。

もう手遅れだ。けれど、だからって、道づれがほしいなんて、浅ましいことは考えない。薬は残っている。練炭はまだ使えるかな、とぼんやり考えていたら、映奈が座ったままで腕を上げるのが見えた。あ、と思ったときには遅く、勢いをつけて振り下ろされた手が、ぺんっと俺のつむじを叩く。

音は軽かったが、結構痛い。ぐわんと頭が揺れて、薬と一酸化炭素で弱った身体にはまあまあダメージがあった。

驚いて、砂に手をついて上半身を起こしたら、映奈は唇を引き結んで、眉間にぎゅっとしわをよせて、泣いていた。

「望みなんてないよ」

泣きながら、映奈は言った。

「わかってんの。どうしたってお兄ちゃんは私のものになんかならないの。莉子さんと別れたって関係ないの！　わ、私が死んだってあんたが死んだって、変わらないの。こんなことしても、意味なんか」

わかってる、わかってるもんと繰り返す。ぼろぼろと涙がこぼれて、いつもよりもっと、子どもに見えた。

「こんなのただの失恋だもん。どこにでもよくある話なんだから」

わかってるんだから、と言いながらしゃくりあげる。手の甲でぐいぐいと頬を拭《ぬぐ》うが、追いついていなかった。

「お兄ちゃんぶらないでよ。あんただって弟のくせに」

泣きながら叩きつけられた言葉は正しすぎて、ぐうの音《ね》も出ない。

俺はまた、砂の上に頭をつけた。

「慣れないことはするもんじゃないね」

頭痛と吐き気をこらえて目を閉じる。

映奈が、ペットボトルのお茶を渡してくれた。少し身体を起こして飲んで、また、仰向けになる。

しばらくそのままでいた。映奈は落ち着いてきたようで、やがて、しゃくりあげる声は聞こえなくなった。俺は俺で、いよいよ薬が効いてきて、このままだと眠ってしまいそうだ。

顔を横に倒し、薄目を開けてみると、ドアを大きく開け放ったままの車と、その下に転がった七輪が見えた。

練炭は砂まみれになっていたが、見たところ、七輪本体は無事のようだ。

「あれどうする？　持って帰ろうか。干物でも焼く？」

俺が言うと、映奈は、うん、と答えた。

「スルメとかもいいかも。焼くときはちゃんと換気しないと」

そうだね、と笑おうとして、声が喉にひっかかった。頭も痛いが、喉も痛い。もう一口お茶を飲んだ。

「でもさっき薬飲んじゃったから、しばらく運転できない。超眠いし。たぶん六時間くらい起きない」

「いいよ。待ってるから」

映奈は俺の隣、砂の上に体育座りになって、洟をすすった。

「起きたら、電車で帰ろ。車はまた取りにくればいいし」

盗まれたってことにすればいいよ、なんて、適当なことを言う。何故か鍵ごと盗まれた車が海辺で見つかったら、さすがにしらを切り通せる自信はなかった。しかも窓にはひびが入っていて、トランクには七輪が積んであって、シートにはたぶんにおいがついている。

でもまあいいか。

言い訳は、後で考えればいい。

俺は腕を伸ばして、映奈の指先を握った。ひんやりしている。

映奈は、俺の手を振り払わなかった。

「俺が寝てる間に、どっか行かないでね」

「何それ、ずる。自分は先にいこうとしてたくせに」

ごめん、とここは素直に謝っておく。

ああ、死に損なった。

死ぬことくらい、いつでもできる。一番効果的なタイミングは逸《いっ》してしまったが、その気になれば簡単だ。なら、今でなくてもいい。

たとえ何もしなくたって、どうせいつかは死ねるのだ。

もうしばらくは、この新しい妹が早まったことをしないように――抜け駆けをしないように、見張っていなければならない。

目を閉じた。

潮のにおいがする。

波の音が聞こえている。

すごく眠い。

夏のキッチン

越谷オサム

越谷オサム（こしがや・おさむ）

1971年東京都生まれ。2004年『ボーナス・トラック』で第16回日本ファンタジーノベル大賞優秀賞を受賞しデビュー。著書に『陽だまりの彼女』『金曜のバカ』『いとみち』『まれびとパレード』『四角い光の連なりが』『たんぽぽ球場の決戦』などがある。

食べたごはんどこ行った?

早くもおなかが空いてるのが本気で不思議で、Tシャツをさすってみる。まあ、胃の中のことは触っただけじゃよくわからない。

ただ、昼に冷蔵庫から弁当を出して食べたのは覚えてるし、食器洗浄機には箸とかミートボールのソースが付いたタッパーとかがちゃんとあるから、まちがいなく胃に食べ物は入っている。

壁の鳩時計がボーンと鳴って、木製のハトが二回鳴いた。二時だ。つまり、弁当を食べてからまだ二時間。なのに、きのうから何も食べてないみたいな猛烈な空腹感。なんだ? こんなの、これまでの一二年弱の人生で一度も経験したことがない。

もう、算数のドリルなんかやってる場合じゃない。7分の5と8分の6を比べてどっちがどれだけ大きいでしょうとか、そんなことより食べたはずのごはんが胃袋分のゼロになってることのほうがずっと問題だ。

シャーペンをダイニングテーブルに放り投げて、冷蔵庫を開ける。豆腐、豚小間切肉《こまぎれ》、とけるチーズ、鮭の切り身、卵、その他。材料ばっかりで、すぐに食べられる物がない。冷凍庫にチョコのアイスはあるけれど、おやつは三時になるまで食べたらいけないルールになっているから食べられない。わりと買い置きがあることが多い冷凍ピラフとか冷凍チャーハンは、こういうときにかぎってストックゼロ。宅配ミールの配達は明日。つらい。厳しい。

とりあえず、麦茶を出して飲む。もちろんおなかは膨れない。いやマジで、食べたごはんどこ行った?

あ、そうだ、という顔をして椅子に座り直し、ドリルを開く。

ダメだ。数字の上を目がツルツル滑る感じで、何も頭に入ってこない。「小学校は休んでるけど家でちゃんと勉強してる真面目なおれ」にうっとりすることで空腹を忘れる作戦だったけど、無理。忘れられない。

しょうがない。臨時休み時間だ。ドリルが無理ならテレビになんとかしてもらおう。

リモコンの電源ボタンを押してすぐ、流れてきたのはくせの強いインドっぽい音楽とめちゃくちゃハイテンションなナレーション。

『辛くておいしくてゴメンね! 夏のカレーフェア第二弾! 恵比寿《えびす》マターズキッチン監修! スパイシーチキンカリー! あとひくコクと刺激! 冷やしクリーミーカレーうど

ん！　期間限定！　海老とバジルのドライカレーおにぎり！　ほかにもカレーメニューがいーっぱい！　夏を乗り切れ！』

コンビニのCMだった。

すごい気になる。とくに、冷やしクリーミーカレーうどん。

サラサラしてそうな感じの白っぽいソースに、ヒリヒリしそうな赤い粒々が浮いていた。これは、きっとアレだな、最初の一口で「なんだ、ぜんぜんマイルドじゃん」と思わせておいて、そこから辛さがグワッと来るタイプだな。うまそう。食べたい。あと、味の想像はつくけどスパイシーチキンカリーもうまそう。ドライカレーおにぎりもうまそう。

ああ、まずい。いや、カレーフェアのラインナップはぜんぶうまそうだったけど、味じゃなくて状況がまずい。CMのせいでよけいにおなかが空いてしまった。狂おしいほどの空腹感。

この状況でほかの食べ物の宣伝に追撃を食らったら爆発しそうなので、点けたばかりのテレビを消す。

おれ一人しかいないリビングダイニングが、テレビを点ける前よりも静かになった。聞こえるのはエアコンが冷たい風を吐く音と、冷蔵庫の小さなうなり。防音サッシにブロックされて、外の熱気も車が走る音も入ってこない。

なんか、宇宙ステーションの中にいるみたいだ。

静かで、動きが少なくて、暑くも寒くもない。外に出るのをやめた半年前と比べてちがう点は、レースのカーテンの向こうの明るさくらい。マンションの外の陽射し以外は、なんにも変わらない。宇宙飛行士みたいに規則正しい生活。

日本時間午前七時には起きて、パンとコーヒー牛乳の朝ごはんを食べて、歯を磨いて、塾の映像授業を渋々受けて、昼になったら冷蔵庫からタッパー入りの弁当を出して、レンジで温めて食べる。この食事を用意する手順なんか、本当の宇宙での生活とほとんど同じだ。弁当を食べたら鳩時計が一回鳴くまでテレビをダラダラ見て、今度は小学校の夏休みの宿題を渋々やる。そして夕方からはゲームをやったり動画を見たりしてダラダラ過ごす。こんな具合に、終了予定のない長期ミッションを日々こなす。

って、宇宙のロマンで空腹を忘れる作戦に切り替えてみたけど、これもやっぱり失敗だ。胃に何か入れないと気絶する。

宇宙に飛ばした意識が、地球に強制着陸させられる。そこはインド。カレーの国。

ああ、さっきのＣＭのせいだ。カレーが食べたい。辛いのをモリモリ食べてヒーヒー言いたい。

立ち上がって、キッチンストッカーの扉を開ける。

ない。レトルトカレーがない。箱入りのルーならあるけど、すぐに食べられるレトルトはない。

そういえば二、三日前、中学校の終業式から帰ってきたお姉ちゃんが自分で温めてガッガツ食べていた。くそっ、あれが最後の一袋だったか。

「ラス1だけど食べちゃうよ」と言ってくれなかったお姉ちゃんへの不満をパンパンに膨らませながら、川嶋《かわしま》家のリビングダイニングをぐるぐる歩き回る。

バルコニーの手前にソファ。テレビがある側の壁には、お母さんが美大生時代に描いたという果物と花瓶の油絵。ちなみに壁の向こうはとなりの鈴木《すずき》さん。北側の、廊下に続くドアの横にはカウンターがあって、その奥にキッチン。鈴木さんちとは反対側の壁には、和室の引き戸とお母さんの仕事部屋のドアが並んでいる。

超、見慣れた景色。食欲をまぎらせてくれそうなものが何もない。ただ、パンパンだった不満はプクプクくらいまでしぼんできた。

歩き回るのにも飽きて椅子に座ろうとしたら、目がダイニングテーブルの隅に留まった。ビニールマットの下に挟まれているのは、「必要になったとき用」の千円札。

カレー、買いに行ってみようかな。

自分でも意外なくらい簡単に、そんなアイデアが湧いた。玄関の外に出るのをやめたときは真冬だったけど、今日は猛暑日。陽射しだけじゃなくて気温も湿度も空気の匂いも別の国みたいにちがうはずだ。

カレーフェア開催中のコンビニまでは、歩いてだいたい五分。ルートをイメージしてみよう。

まず、この三階から一階までエレベーターに乗る。いや、知ってる人と一緒になって励ましの言葉とかかけられたらなんか気まずいから、階段を使おう。

一階のエントランスを出て、郵便局の前でカーブする通りを進む。都道の歩道橋を渡ればすぐにコンビニだ。第一希望は冷やしクリーミーカレーうどんだけど、売り切れてたらスパイシーチキンカリーでももちろんいい。どっちもなければドライカレーおにぎりか。一個じゃ足りないからもう一個別の具のおにぎりを買おう。外で人と会うのは半年ぶりだからちょっと緊張しそうだけど、店員さんとは「お箸つけますか?」「いいです」くらいの会話しかしないから大丈夫だ。

コンビニを出たらまた歩道橋を渡って、郵便局の通りを戻る。カーブの先、マンションが見えてくると——。

やめた。コンビニ行くのやーめた。

どうしても冷やしクリーミーカレーうどんを食べないといけないわけじゃない。それに、無駄遣いはよくない。あと、外はものすごく暑いはずだから、半年間ずっと適温の部屋で生活してきたおれがいきなり出てったら秒で熱中症になる。

外に出た場合に遭遇する困難とか暑さとかめんどくささを想像したら、なんか無性にムカついてきた。ソファに寝転がって、「ふぐぬっ」となる。「ふぐぬっ」という言葉に意味はない。こういう気分のときに喉の奥から勝手に出てしまうのだ。

なんか変にこぶしが効いてて、友達に聞かれたら恥ずかしい声だ。でもそもそも学校に行ってないんだから聞かれる心配はない。それに、ときどき家に来る悠真《ゆうま》とかサトケンとかと遊んでいるときは出ないから問題ない。

「ふぐぬっ」

もう一度うなる。

いつもと同じく、変な声を出してる変な自分に引いてだんだん冷静になってきた。

冷静な目で白い天井を見つめ、しみじみ思う。腹へった。

——辛くておいしくてゴメンね！　夏のカレーフェア第二弾！

あの早口でスパイシーなＣＭのナレーションが、耳の奥でわんわん響く。

やっぱり食べたいなあ、カレー。でも、出かけるのは嫌だなあ。とはいえ、おなか空いたなあ。あー、チャイム鳴らないかなあ。おれの危機を察知した超能力者がコンビニの出前頼んでてくれないかなあ。じゃなければ、恵比寿マターズキッチンのシェフが出張してこないかなあ、バラエティー番組のドッキリ企画とかで。

うん、知ってる。そんな夢みたいな奇跡なんか起こらない。誰かが何かしてくれるのを待ってても何も始まらない。カレーが食べたくて、買いに行く気がないんなら、自分で作るしかない。

カレーって、小学生にも作れるのかな？

うちでは昔、カレーだけはお父さんが作る決まりになっていた。だから、ふだん料理をしない人でもそんなに失敗しないメニューなんだろう。

ちょっと、作り方だけでもチェックしてみるか。

振り上げた脚を降ろした勢いで、ソファからポンと立ち上がる。

ストッカーから取り出したカレールーの箱に、作り方の手順が書いてあった。ざっとまとめると、たったの4アクション。

〈1〉具を炒める
〈2〉鍋に水を入れて煮込む
〈3〉ルーを入れる
〈4〉さらに煮込む

これなら、小学生でも作れるんじゃないか？　煮込む時間は〈1〉と〈4〉を合計して二五分だけだし、醬油とか塩とかで味を調《ととの》えたりする必要もないから、長年の経験とか勘もいらない。カレー限定で調理がお父さんに任されていたのも納得だ。

問題は、具を切るのに包丁が必要なことだろう。この川嶋家では「中学生未満が包丁を使うときは保護者が立ち合う」というルールがあるから、この状況で使ったらあとで怒られる。カレーを一人分だけ作って食べたら鍋も食器もきれいに洗って証拠《しょうこ》インメツ、という手もあるけど、匂いは消しきれないかもしれない。

そうだ、具を肉だけにするというのは？　冷蔵庫にある豚肉はあらかじめ薄く小さく切れているから包丁を使う必要がない。それに、苦手なにんじんを食べなくて済む。一石二鳥というやつじゃないか。

ナイスアイデアに手を叩いてから、いや、とすぐに思い直した。

あれはもう、三年くらい前だっけ。そのころはにんじんだけじゃなくて野菜のほとんど全種類がとにかく嫌いで、お母さんに半泣きでお願いして具が豚肉だけの焼きそばを一人前だけ作ってもらったんだった。

肉はもともと大好き、焼きそばも大好き、さらに嫌いな野菜がゼロなんだからおいしくないはずがないと思ったんだけど、できた肉だけ焼きそばを食べてみたらなんだかモソモソしていて、まずいとまでは言わないけどけっしておいしくはなかった。一皿食べきるのにけっこう苦労したくらいだ。

「野菜から出る甘みとかうまみが料理をおいしくしてるんだよ」と、キャベツとかもやしとかも入った普通の焼きそばを食べながらお母さんはどことなく得意げな顔で語っていた。おれが野菜を少しずつ食べられるようになったのはそれからだ。

っていうちょっといい感じの話をこの前したら、お母さんはもうその肉だけ焼きそばエピソードをすっかり忘れていた。あれにはがっかりさせられた。カレーにも焼きそばと同じ理屈が当てはまるかはわからないけど、どうせ作るんならおいしく作りたい。だから、肉だけじゃなくて野菜も入れよう。でも、包丁なしでどうやって切る？

システムキッチンの扉と引き出しを開け閉めして、使えそうな道具を探す。玉ねぎはキッチンばさみで切れそうだけど、問題はにんじんだ。キッチンばさみは歯が立ちそうにないし、ステーキナイフで生の硬いにんじんを切るのはたいへんそうだ。おろし金で何もかもすり下ろすのは、イメージしているカレーとはなんかちがう。

捜索の末に発見したのは、ピーラーだった。野菜の皮だけじゃなくて、果物の皮もスルッときれいに剝《む》けてしまう柄《え》付きの便利なやつ。前にキウイの皮を剝いたことがあるから使い方は知っている。これでにんじんの皮を剝くのはもちろん、本体のほうも薄くスライスしていけばかなり小さくできるし、あのにんじん独特の、口に入れるとなんか「うぃっ」となる感じも薄れてくれそうな気がする。最高じゃないか。

方針が決まって、調理器具を一度ぜんぶＩＨクッキングヒーターの上に並べる。深めの鍋、木べら、あく取り、切った具を入れるボウル、計量カップ、キッチンばさみ、Ｙ字のてっぺんをセラミックの刃でつないだような形のピーラー。こんくらいか。

続いて一八〇度反転して、今度はカウンターの調理台に材料を並べる。いつもの中辛のカレールー一箱。お徳用ボリュームパックのだいたい三分の一が残っている豚小間切肉およそ三〇〇グラム。玉ねぎ二個。にんじん一本。カレーにじゃがいもを入れる家は多いみたいだけど、川嶋家のカレーには入らない。〝カレーマスター〟を名乗っていたお父さんは、「じゃがいもは傷みが早いから入れない」と語っていた。元野菜全種類嫌いマンとしては、その方針は全面的に歓迎だ。

そういえばお父さんの格言には「福神漬が添えられていないカレーはカレーではない」というのもあるけど、冷蔵庫の中には見当たらない。切らしたままか。まあ、べつにいいや。おれは「福神漬があってもなくてもカレーはカレー」派だし。

箱の裏の説明書きによると、この材料の量は一箱分ぜんぶのルーを使う場合のものらしい。どうしようかなあ、とちょっと迷う。カレーマスターはルーを一箱ドカッと使ってたけど、それはうちが四人家族だったからだ。今は人数が減ったんだから、ルーも材料も減らすべきなんじゃないだろうか。

もう一度、説明書きを読む。ルー一箱でできるカレーは八皿分らしい。四人体制の川嶋家は一人あたり二皿という計算だったか。じゃあいま必要な量は六皿分になるから、肉と野菜はそれぞれ四分の三に減らす必要がある。なんか、算数ドリルの続きをやってるみたい。

あ、無理だ。にんじんを四分の三本にカットする道具がない。ピーラーで四分の三くらい削って残った芯の部分だけ野菜室に戻すというのも、ちょっとなあ。じゃあ、肉だけでも減らす？

無理！　それだけは無理！　肉の量は死守！　野菜の割合を多くしたカレーなんてあり得ない。

もう、面倒だ。八皿分作っちゃえ。今の猛烈な食欲なら一人でカレーライス三杯ぐらいはペロッと完食できちゃえそうな気がする。

あ、そうだ。カレーといえばライスだ。

念のため炊飯器の中をたしかめると、朝炊けたごはんが充分残っていた。もしそれが足りなくなっても、まだパックのごはんがある。うん、いける。

条件は揃った。やろう。調理実習開始だ。

まずは「〈1〉具を炒める」、の前に、具を食べられる大きさにする。

いきなりピーラーを使うのはちょっと怖いから、手を洗ったらまずはパックの中でぴっちりくっついている豚肉を一枚ずつ剝がす。

これが、持ってみると思ったよりむにっとしていて、手にぴたぴた貼りつく。動物の生肉の手触りは、文字どおり生々しい。

「ひー」とかぼそい悲鳴を発しながら肉をボウルに放り込んでいったら、洗ったばかりの手がさっそく脂でヌルヌルになってしまった。空になった白色トレーをすすいだところで、また手を洗う。

玉ねぎの茶色い薄皮は、道具を使うまでもなく素手でしゅるしゅると剝がせた。その下から、つるんとしていてしっとりとした中身が現れる。みずみずしいとはこういうことだ、と言わんばかりのみっちり感。

薄皮と同じように身の部分も案外簡単に手で剝けるのかなと思ったけど、あまりにもみっちりしていて取っかかりがない。頭のとんがってパサついた部分をキッチンばさみで切り落として、身の部分に縦に切り込みを入れる。夏みかんの皮を剝くときのやり方だ。

切り込みに親指をぐっと差し込むと、百円玉大に欠けた身がボロリと剝がれた。断面ザクザク。硬さも厚みも、すっきり剝けないところも、熟しきってない夏みかんによく似てる。

もう少し深く身に切り込みを入れてから指に力を入れると、今度は「ぱしゅるっ」とみずみずしい音を立ててお尻の近くまできれいに剝けた。おお、この要領かと勇んで続けると、また断面ザクザクで小さく剝がれる。剝け方の法則がさっぱり見えてこないまま、ボウルには大きな断片と小さな断片が溜まっていく。

頑固に抵抗したり素直に従ったりする玉ねぎを分解していくうちに、目が痛くなってきた。玉ねぎを刻むと空気中に漂ったナントカという成分が目に作用して沁《し》みる、という知識はあったけど、こんなにか。涙がにじんじゃうとかのレベルじゃなくて、これはもう、目への攻撃だ。どんどん沁みてくる。痛い痛い痛い痛い。

限界だったので玉ねぎもキッチンばさみもいったん置いて、目をぎゅっと閉じる。

「ぬあー」

マヌケな声が鼻から抜けた。

目の表面に付いたナントカ成分を少しでも追い出すようにまばたきを繰り返して、効果があるかわからないけど換気扇を点けて、ついでに洟《はな》をかむ。

ここであきらめたらただ野菜をだいなしにしただけで終わるので、深呼吸を二、三度して覚悟を決めたらまた玉ねぎを摑む。お尻の硬い所をキッチンばさみでカットして、両腕を伸ばして目と玉ねぎの間の距離を作り、心を鬼にしてガシガシ剝く。

うん、「心を鬼にする」の使い方がまちがってる気がする。まあいいか。

文字どおりの玉ねぎ形だった玉ねぎが、手の中でだんだん弾丸形になっていく。

ああ、沁みるなあ。みかんを剝いてるときに皮から飛んだ汁が目に入ってのたうち回ったことがあるけど、玉ねぎのナントカ成分はあんなのとは比べ物にならない。大昔の人はよくこんな攻撃的な野菜を食べようって思ったな。よっぽどおなかが空いていたのかな。今のおれみたいだな。

一個でこの攻撃力なのに、毎日何ダースも玉ねぎを刻んだりすり下ろしたりしているプロの料理人はどうやって対処しているんだろう。スイミングゴーグルをしてるところとか見たことないし。

肉眼で玉ねぎに立ち向かう料理人たちに尊敬の念を抱きながら手を動かし続けて、やっと一個目の玉ねぎを解体し終える。早くも疲れた。

キッチンに漂うナントカ成分が換気扇に吸い出されるまでソファに座って目と体を休憩させると、おれは再び玉ねぎとの戦いに身を投じた。こいつさえバラせばあとはイージーモードだ。にんじんにはこんな反撃能力はないし、こっちにはピーラーという武器がある。

希望を胸に二個目の玉ねぎを剝き尽くして、大きな断片はキッチンばさみで一口大に切る。終わった。勝った。調理のヤマを越えた。

手洗いついでににんじんの泥を洗い落とし、先っぽの根っこをキッチンばさみでカットしたら、いよいよピーラーの出番だ。

こうして見ると、昔お父さんが使ってた髭剃《ひげそ》りに似ている。似ているというか、仕組みはまったく同じだ。刃を縦に動かせば野菜の皮を剝いたり髭を剃ったりできる。そして、横に動かせば怪我をする。「もう、今度こそ電気シェーバー買うっ」と嘆きながら顎の切り傷にティッシュを押し当てる姿を何回見ただろう。慎重にいこう。

刃が指に当たらないように、オレンジ色の野菜を浅めにしっかり持つ。

にんじんの表面に押し当てた刃をゆっくり滑らせると、硬い皮が小指くらいの幅でズズッ、ズズッとめくれていった。おお、気持ちいい。そして、おもしろい。おれはまだ髭が生えていないから知らなかったけど、大人の男は毎朝こんな楽しいことをやっているのか。

ひととおり剝いた皮はシンクの生ゴミ受けに捨てて、ボウルの上でにんじん本体をスライスしていく。やっぱり、この作業おもしろい。ズシャーッと刃が走るたびに、ボウルに薄紙みたいなにんじんが溜まっていく。これだけ薄ければ、あの「ういっ」となる感じもカレーの辛さに負けてぜんぜんしないだろう。おれのアイデア勝ちだ。

ごく普通のカレーを作るだけのお父さんがカレーマスターを名乗っていたんだから、発想力と優れた技術力を兼ね備えたおれなんか〝ピーラーの魔術師〟くらいは名乗る資格があるんじゃないか。

ボウルから立ち昇る青っぽくて少しだけ甘いにんじんの匂いに、なんというか、〝料理の現場〟にいることを実感させられる。レトルトを温めるだけじゃこうはならない。

ちょっとプロっぽい顔になってピーラーを動かしていたけど、そのうち問題に突き当たった。生のにんじん、けっこう滑る。そして当たり前のことだけど、細くなるにつれて持ちにくくなってきた。

いったん手を止めて、顔を上げる。見回してみたところでリビングダイニングのどこかに対処法が書いてあるわけでもないので、頭を使って考える。

このまま続けていけばピーラーの刃が指に触れそうで怖い。でも、キッチンばさみで輪切りにするにはまだまだ太い。もちろん、手でボキボキ折れる感じじゃないし、折れたとしても一口大以上のサイズになるから、食べたとき「ういっ」となる。それは嫌だ。

結局、ピーラーで続行することにした。しょうがないよなまだ小六なんだから、と自分の知能の未発達ぶりに自分でフォローを入れる。

集中力のギアを上げて、それまで大きく動かしていたピーラーを細かく動かし、にんじんを小さく細く削《そ》ぐ。

おお、できんじゃん。使いこなせてんじゃん。さすが、ピーラーの魔術師。

ツルッと、手からにんじんが飛んだ。ピーラーが左の親指に当たる。

「うおーっ、あっぶねーっ」

ピーラーを放り投げて叫ぶ。ほんとに危なかった。もうちょっとで指を切るところだった。

あれ？　なんか、ピーラーが当たった所がかゆい。

見ると、親指の指紋の端のあたりで真っ赤な血の玉が膨れ上がっていた。

ああっ、やっちゃった。

今度の叫びは、声にならなかった。目の前で血の玉が崩れて、ツーッと指の股まで流れる。急に怖くなって、水道で血を流す。水を止めると、かゆい所からまたすぐに血がにじんできた。どうしよう。どうしよう。

指に当てたティッシュペーパーに水と血が染み込んで、じわじわふやけていく。呼吸が浅くなってきた。これ、出血多量で死ぬのかな。救急車呼んだほうがいいのかな。

救急車――。

郵便局の前のカーブを曲がった先の光景が、ふやけたティッシュの表面に浮かぶ。マンションの前に停められた救急車と、ハッチを出入りする隊員たち。様子をうかがう近所の人たちのひそひそ声。

——心臓麻痺ですって。

——そんな。だってまだ若いでしょう。かわいそう。

真っ青な顔で駆け寄ってくるのは、となりの鈴木さんちのおばさん。手に提げたサッカーボールのネットが、急に重くなる。

——翼《つばさ》くん、落ち着いて聞いて。落ち着いて聞いて。

「ふぐぬっ」

また、あの声が出た。真冬のエントランスのざわめきが消えて、換気扇の低いうなりが戻ってくる。

ふやけたティッシュを捨てて、新しい一枚を指に押し当てる。傷口は怖くて見られない。調理台に転がっているのは細くなったにんじん。ピーラーは、どこかに行ってしまった。

心細くて、血が怖くて、ちょっと立ってられない。

ティッシュを当てた左の親指を右手で包んで、神への祈りみたいなポーズでおれはリビングダイニングをヨタヨタ歩いた。

脛《すね》が当たったソファに、そのまま倒れ込む。

「あー、もうっ」

寝返りを打って、天井に八つ当たりする。

おれはなんて不運な小学生なんだろう。一人でいるときに怪我をしてしまった。これ、学校の調理実習だったらソッコーで先生が飛んできて、保健室に連れてってくれるんだろう。でもこのマンションに保健室なんかないし、飛んできてくれる先生もいない。じゃあやっぱり、救急車呼んだほうがいいのかな。でも、「ほかの患者より先に診察してもらいたいから」とか「なんとなく眠れないから」とかの緊急性ゼロな理由で通報する人がたくさんいるせいで救急隊員がなかなか休めないって、この前テレビでやってたな。そういうこと知っちゃうとなんかやっぱり、ためらう。

かゆかった親指が、ジンジンと脈を打ちだした。不思議なくらい痛くはないけど、怖い。怖くて手元を見られない。あふれた血でTシャツが真っ赤になっていたらどうしよう。

いやどうしようじゃなくて、救急車呼ぶんだよ。大怪我だった場合、グズグズしてたらほんとにヤバイ。時間との戦いになる。よし、見るぞ、手。状態を確認しないと、一一九番のオペレーターにうまく説明できない。

天井に向けていた視線を、おそるおそる体の方に下ろす。

Tシャツも手も、赤く濡れてはいなかった。ああ、よかった。助かるかもしれない。

続けて、左の親指を握っていた右手をおそるおそる開く。白いティッシュに、直径一センチくらいの赤い染みができていた。血だ。ヒッ、となったけど、同時にホッとした。これくらいならまちがいなく助かるし、救急車を呼ばなくても済みそうだ。

指からティッシュを外すと、細く短くまっすぐな傷が斜めに一本走っているのが見えた。血がジワッとにじむ。でも、さっきみたいな勢いはない。お父さんがよく顎に作っていた切り傷と同じレベルだ。助かった。

「なんだよー、もー。ビビらせんなよー」

もう一度天井に当たってみたけど、本当はわかっている。天井はもちろん何も悪くない。刃物を使いながら考えごとをしていた自分が悪い。

なんかもう、疲れた。ティッシュをもう一度交換したいし、にんじんを持っていた左手はぬるついてて気持ち悪いから洗いたい。でも、起き上がる気になれない。

ピーラーの魔術師とか言って調子に乗っていたのが恥ずかしい。「集中力のギアを上げて」なんてプロっぽいフレーズを頭に浮かべてたけど、ギアぜんぜん上がってなかった。前に一度キウイを剝いただけなのに、すっかり使いこなせている気になっていた自分がバカの見本みたいに思えてくる。

やっぱり、一人で料理をするなんておれには早かったんだ。しかもいきなりカレーを八皿分も作ろうなんて、いくらおなかが空いてるからって欲張りすぎだ。無理がありすぎる。もう、やめた。無理。カレー作るの無理。あーあ。やめた。やーめた。

鳩時計がボーンと鳴って、スズメより小さなハトが三回鳴いた。まるで、相槌《あいづち》を打つみたいなタイミング。そうか、算数ドリルを投げ出してからもう一時間たったのか。

こんなことになるんだったら、素直にコンビニ行けばよかったな。ＣＭ見てすぐ外に出れば、今ごろは食後のアイスをかじりながら「コンビニ飯もなかなかやるな」なんて余裕をかましていただろう。それが、現実はこのザマだよ。カレーを食べるどころか、完成するところさえまったくイメージできないまま終わってしまった。やったことといえば、具を途中まで切っただけ。

あ、そうだ、具だ。このまま室温でほっとけば、肉も野菜もすぐに傷む。とりあえず冷蔵庫にしまわないと。

渋々起きてキッチンに戻ったおれは、新たな問題に突き当たってしまった。豚肉と玉ねぎとにんじんのスライスが、ボウルからあふれ出しそうなほど積み重なっている。これ、どうする？　このまま冷蔵庫にしまって知らんぷりする？　いや、そんなことしたらさすがに「なにこれ？」ってツッコまれるし、その流れで怪我したことまで怒られる。なんとかして証拠インメツしないと。

といっても、捨てるのは最悪の手段だ。それは刑事ドラマに出てくる、殺人の現場を目撃した人まで口封じに殺しちゃって自分から袋小路《ふくろこうじ》に突入していく犯人と同じパターンだ。だから材料は捨てられない。きっとすぐにバレて、刃物を使ったこと以上にバチクソ怒られる。

ボウルの中の下ごしらえ済みの材料と、調理台に転がったにんじんを眺めながら、手をつける前の状態に戻せないかなあなんて夢みたいなことを考えてみる。もちろん、そんな魔法なんかあるはずがない。起きてしまったことは起きてしまったこと。どうやったって元に戻せないことが世の中にはある。おれはそれを知っている。

とにかくもう、後戻りはできないということだ。欲張りすぎでも無理がありすぎてもなんとか完成させて、何食わぬ顔でカレーを食べて怪我のインパクトを薄めるしかない。なんだ、〝何食わぬ顔で食べる〟って。

でも、このまだ半分弱しか削れていないにんじんはどうやって一口大にする? 包丁を使ってもっと大きな怪我なんかしたら本末転倒だし、キッチンばさみもステーキナイフもまだまだ歯が立ちそうにない。つまり、あの呪われし刃《やいば》・ピーラーでどうにかするしかないということか。そういえばピーラー、どこ行った?

探してみると、髭剃り形の調理器具はシンクに落ちていた。血は付いていないけど念のためスポンジで洗って、水気を切る。

さっきの失敗は生のにんじんの滑りやすさと、削ればその分小さくなるという当たり前のことを計算に入れてなかったのが原因だ。ピーラーとの距離が近くなって左手の逃げ場がなくなっていたところに、にんじんが滑ったせいで手元が狂ってしまった。だったら、にんじんを手以外で固定すれば安全性はぐっと高くなる。そのための道具が必要だ。

真っ先に思いついたのはペンチだったけど、サビと機械油にまみれた工具で食品をホールドするのはさすがにどうかと思う。ただ、発想は悪くない。小さくて滑るにんじんをがっちり押さえつけられる道具がほかにもあるはずだ。

キッチンの中をあちこち探して、手に取ったのは大きいほうのフォークだった。スパゲティを食べるときに便利な、その気になればハンバーグぐらいなら切れるしコーンの粒を一つずつ刺すこともできる万能型食器。これなら行けそうだ。

調理再開の道が開けると、忘れかけていた空腹感がすごい勢いで戻ってきた。一刻も早くカレーを作らねば。でもその前に、傷の手当てをしないと。

切り傷からにじむ血は、この何分かでさらに少なくなっていた。でも、バイ菌が入らないように処置は必要だ。

沁みる水道水に顔をしかめながら傷口をすすいで、ばんそうこうを左の親指に巻く。これで傷に菌が入らないし、料理に血が付くこともない。きれいに拭いた指にピッと貼られたばんそうこうを見ていたら、だんだんやる気が復活してきた。

まな板に寝かせたにんじんを片手で押さえて、へたから七、八ミリくらいの所に狙いを定めて四本歯をブスリと突き立てる。よし、ズッポリガッチリ刺さった。

右手にピーラー、左手にフォークという攻撃力高めのスタイルで、まな板の上のにんじんを削いでいく。さっきまでよりだいぶ慎重になっていて、残り半分ちょっとだったにんじんをスライスし終えるまでおれは倍ぐらいも時間をかけてしまった。でもとにかく、これで材料の処理は終わった。

たいへん長らくお待たせいたしました。ここからやっと「〈1〉具を炒める」だ。

説明書きを熟読してから鍋にサラダ油を垂らし、中火で加熱する。やかんでお湯を沸かしたりするからＩＨヒーターはほとんど毎日使ってるけど、こんな料理っぽい料理に使うのは初めてだ。緊張してきた。

まあこんくらいのタイミングだろう、というところでボウルいっぱいの具を鍋にドドッと落とす。おお、この、ジュワーッ、パチパチパチッて音と湯気、そして匂い。「料理！」って雰囲気が出てきた。

具が焦げないよう、木べらで鍋をかき混ぜる。八皿分の肉と玉ねぎとにんじんはけっこうな量で、木べらを通じて手にぐっと重みが伝わってくる。

なんか、うわー、すごい。おれ、料理してる。野菜室の中に転がっているのを見かけるだけだった玉ねぎとにんじんが、そして豚肉が、鍋の中でじわじわ色を変えていく。

あ、しまった。カレーマスターの教えを忘れてた。お父さんは毎回、鍋をかき回しながら「まずは玉ねぎだけを飴色《あめいろ》になるまでじっくり炒める」って言ってた。どうする？　まとめて入れちゃったけど、今からにんじんと豚肉を鍋から出す？　いやそれもかったるいし、まあ、そこまで神経質にならなくてもいい気がする。ルーの箱にも〈一口大に切った具を炒める〈玉ねぎがしんなりするまで）〉としか書いてないし。だったらきっと、このままでオッケーだな。自称カレーマスターのこだわりよりも、食品メーカーの開発者の指示のほうが何百倍も信頼できるし。

玉ねぎがしんなりするのを待ちながら木べらを動かしているうちに、鍋の音が「ジュワー」から「シュワー」に変わってきた。肉の赤い所が見えなくなって、こう、肉と野菜が混じった、コンソメからしょっぱい成分を抜いたみたいな匂いが立ち昇ってくる。塩コショウして醤油を垂らせば料理として成り立ちそうなくらいの香りだ。鍋の「シュワー」にまぎれておなかが鳴る。

もういいよな？　充分にしんなりしたよな？　しんなりというか全体的にぐったりって感じだけど、大丈夫だよな？　と鍋の中を覗き込んでは熱気を顔に浴びてのけ反《ぞ》る、というアクションを繰り返し、充分に懲りたところでおれは「〈2〉鍋に水を入れて煮込む」に進むことにした。

ヒーターの出力を〈弱火〉ゾーンまで落として、計量カップを手に取る。必要な水の量は一〇〇〇ミリリットルで、カップは一杯最大一八〇ミリリットルだから、えーっと、五杯と、プラス一〇〇ミリリットルか。おお、前にドリルでやった内容の応用ができた。

きっとここは、手順の中でも重要なポイントだ。水が多すぎればカレーの味が薄くなるし、少なすぎれば濃くなる。あとからルーを足すとか水を足すとかして味の調整はできるかもしれないけど、そんな微調整をうまくできる自信はない。水を足して薄くなってルーを足して濃くなってをさんざん繰り返して、味が決まる前に鍋からカレーをあふれさせてしまいそうだ。

一八〇ミリの線ぴったりまでカップに汲《く》んだ水を、鍋に注ぐ。

「いーっぱい」

バカみたいだけど、ど忘れしないように声に出す。

続いて二杯目。

「にーはい」

水に冷やされて、鍋の「シュワー」の音が小さくなった。

さんーばい、よんーはい、と唱えながらバスケのピボットみたいにシンクとヒーターの間をくるくる回っていると、仕事部屋のドアがガチャッと開けられた。

「あれ？　いるの翼だけ？」

お母さんだった。いきなり声をかけられて手が止まる。ん？　これ、何杯目だったっけ？

「あーっ、もうっ。何ミリ入れたかわかんなくなっちゃったじゃん！」

カップの中で、水がちゃぽんと揺れた。

「ああ、ごめんごめん」

あんまりごめんと思ってない感じでケラケラ笑って、両耳からイヤホンを外す。

「せめてそれ外してから話しかけてよ。声でかいんだよ」

「ごーめーん。わかりました」声を落として謝ると、お母さんはカウンター越しにキッチンを覗き込んできた。「カレー？　翼一人で作ってんの？　すごいじゃん」

「まあ、ね」

小さくなった声に、お母さんが「ん？」という顔をする。

「なんか、困ったこと発生中？」

「いや、だって、怒らないの？　一人で勝手に刃物使ったのに」

「ああ、あったねえ、そんなルール」

ザ・あっけらかん。

「ルール決めたのママじゃん」

心の中での呼び名はもうとっくに「お母さん・お父さん」に変えたのに、本人の前だとこれまでどおりの呼び方が口から出てしまう。来年はもう中学生なのに。

「そっか。ママが決めたルールだったっけ。忘れてた」

「ひでえ」

「でも、べつに怪我とかしてないんでしょ？」

「いや、あのー、ちょっとだけ、指切っ――」

た、まで言う前に、お母さんがダッシュでカウンターを回り込んできた。

「見せて！　どこ⁉」

ばんそうこうが巻かれた左の親指をじっと観察して、「痛さのレベルどれくらい？」「何で切ったの？」「ちゃんと洗ってからばんそうこう貼った？」と、答える隙がないくらいの高速テンポで質問を浴びせてくる。

たいしたことはないのがわかると、お母さんは「どふぁー」と低い声を出しながらその場にしゃがんで、三秒くらいしてから立ち上がった。心配させてしまったらしい。

口の先でモゴモゴと親をなだめる。

「まあ、切ったときは焦ったけど、ぜんぜん平気だから。明日になったらもう塞がってると思う」

「そう。ほんとびっくりした。けど、たいしたことなくてよかったよ。翼、自分で応急処置できるようになったんだね」

「だって、お……ぼくもさすがに来年中学生だし」だめだ。親の前だと自分の呼び名がぼくになってしまう。「ま、進学はしても通学をする予定はないけどね」

ああ、焦ってよけいなこと言っちゃった。お母さんが悲しそうな顔をする。

「何度も言ってるけど、ママ、大丈夫だからね。翼は好きに外に出ていいんだからね」

「わかってるよ、そんなこと。こっちは好きで家にいるんだよ」手に力が入って、計量カップの水がこぼれた。「あ、そうだ。水入れてる途中だった」

ややこしい話題から逃げるように、こぼれた分をカップに注ぎ足す。

「……ごめん」

ふだんあっけらかんとしてる人にしゅんとされると、なんかこっちにすごくダメージが来る。背中を向けて、鍋に水を加える。

「よんー……はい？」首をかしげる。「さっき、四杯まで入れなかったっけ？」

振り返ると、お母さんがおれと同じ角度で首をかしげていた。

「ママ、イヤホンしてたから」

「あ、そうか。たしか四杯まではコールしたと思うんだけどな。だとすると、今のが五杯目？」

「心配だったら鍋、見てみようか？」

「じゃあ、うん」

とりあえず五杯目まで水を入れたことにして残りを加えて、ヒーターの前をお母さんに譲る。

「材料どれくらい使った？」

「玉ねぎ二、にんじん一、豚肉がだいたい三〇〇グラム。ルーは一箱ぜんぶ入れる予定」

「そしたら、水はこれくらいだと思う。でも、ルー一箱は多すぎない？　夏場だし、残しても何日もとっておけないよ？」

「大丈夫だよ。そんな何日も残んないよ。……失敗しなければだけど」

「うん、成功を祈る」

念じるようにうなずくと、お母さんはキッチンを出た。いつもは「んーっ」と伸びをしてから「よっしゃー、仕事に戻るかー」って自分に気合いを入れて仕事部屋に入って行くんだけど、今日はドアではなくてダイニングテーブルに向かった。やっぱり、小学生に一人で料理をさせるのは心配らしい。

椅子に座ったお母さんが体をのけ反らせて目を閉じ、「あー」と気の抜けた声を出す。

「仕事、きついの？」

「べっつにー」ちょっとだけ有名なイラストレーターが、まばたきをしながらいつものように強がる。「モニター見つめっぱなしだから目は多少疲れるけど、絵を描くこと自体は好きだからなんともない」

「ふーん」

雑な相槌を打ちながら、次に来る言葉に身構える。

「翼も、何か好きなこと見つけるといいよ」

来た。閉じこもってないで外に出ろ、という意味だ。ちょっと油断したらまたややこしい話題に持ち込まれてしまった。

「じゃあ、料理好きになる」

「……ま、それもいいか」

「その第一歩が、このカレーだよ」

うまい具合にややこしい話題から逃げたおれは、お母さんに背中を向けて鍋を覗き込んだ。具からにじみ出たらしい黄色っぽい汁が、表面に脂の膜を浮かべている。「水」だった液体が「スープ」に変わってきた感じで、ますます料理っぽい。けど、煮立つ気配がぜんぜんないのは気になる。作り方、合ってる？

「なんかずっとぬるそうなままなんだけど、これ、火力強くしたほうがいい？」

背中越しにダイニングテーブルに尋ねると、「ううん、弱火でじっくり温めてったほうがいいと思うよ」というアドバイスが返ってきた。「時間をかけて加熱したほうが具が柔らかくなるし、うまみがスープ全体に行き渡るから」だそうだ。なるほど。

もう一度、箱の説明書きをよく読む。煮込む時間は、沸騰後約一五分、ルーを入れてからさらに約一〇分となっていた。「たった二五分で作れんじゃん」くらいに早とちりしてたけど、沸騰するまでの時間を計算に入れてなかった。具の下ごしらえにかかった時間も足したら、トータルタイムは二五分の二倍や三倍じゃ済まない。これはもう、夏休みの自由研究のテーマにしてもおかしくないくらいの大イベントだ。

「時間かかるね、料理って」

「そうだね」お母さんの声が応える。「圧力鍋使えば時間も水も節約できるんだけど、あれって細かいパーツたくさんあって洗うの面倒だから、カレーくらいの料理じゃ手間はほとんど変わんないんだよね。豚の角煮でも作るんなら必需品だけど」

口の中で溶けるトロトロの豚肉の塊をイメージしたら、ますますおなかが空いてきた。

「角煮か。いいなあ。最近食ってないなあ」

「あ、さすがに圧力鍋は保護者立ち合い厳守だよ。まちがった使い方したらピーラーどころじゃない大怪我するから」

硬い声に振り返ってみたら、お母さんがまっすぐにこっちを見ていた。ふだんあっけらかんとしてる人に真面目な警告をされると、こっちの背筋がピッと伸びる。

「わかった。あと、ほかになんか料理のアドバイスってある？」

「うーん、なんかあったっけ。普通のカレーだしなあ」お母さんの目つきが、ふっと柔らかくなる。「あ、元カレーマスターはなんか言ってた？　翼、よくパパにぴったりくっついて見学してたでしょ」

記憶を探る。

「あー、『ルーを入れたら鍋から離れるな』とか？　底までしっかりかき回さないと焦げるって」

「それは正しい」

「あと、『福神漬が添えられていないカレーはカレーではない』」

「それはどうでもいい。付け合わせの好みなんて人それぞれだし」

バッサリ。

「たしかにそうだね。お……ぼくも福神漬はなくてもいい」

言い直した息子に、お母さんが「ん？」という顔を向ける。

くるっとその場で振り返って、「ぼく」ことおれは箱の説明書きを読むふりをした。

「あ、一つあった。ママからのアドバイス」お母さんの声に、また振り返る。「『手が空いたら片付ける』。沸騰するまでヒマでしょ？　ちょっとずつでも整頓しておくと、食べたあとが楽だよ」

「ああ、そっか」

もう用がないボウルとかピーラーを食洗機にセットして、調理台に散らばった野菜の切れ端を生ゴミ受けに落としたりしていると、ふと、スープの匂いが濃くなった気がした。

鍋を覗き込むと、にんじんのかけらが小さく揺れていた。炒めている間に細かくちぎれたらしい。「ういっ」となるのが苦手な元野菜全種類嫌いマンとしては期待以上の展開だ。苦労をした甲斐があった。

見ているうちに具の揺れ方が大きくなってきて、スープの表面から突き出た玉ねぎがペフペフと小刻みな呼吸を始めた。

「おー、泡が出てきた」

グツグツという音が大きくなってきたところで、IHヒーターのタイマーを一五分に設定する。完成が見えてきた。

たしかに完成が見えてきたけど、具は見えなくなってきた。車道の雪みたいな色をした細かい泡が、スープの表面を覆う。あ、く、だ。

食品メーカーの開発者はさすがだ。説明書きの〈2〉で〈あくを取りながら、具が柔らかくなるまで煮込む〉って、ちゃんとあくの出現を予言してる。

あく取りの柄を持って、スープの表面を掬《すく》う。

なんか、あく、ほとんど網目をすり抜けちゃうんですけど。

「このあく取り、設計した人何考えてんだろ。網目でかすぎ」

文句を言うと、お母さんが「どれ？」と首を伸ばした。

役立たずの調理器具を、相手に見えるように持ち上げてみせる。

「ああ、その柄が黒いのはあく取りじゃなくてかす揚げだよ。天ぷらとかの揚げかすを取る道具。よく似てるけど網目の細かさがちがうの」

「なんだ、別の道具なんじゃん」

「うん。あく取り、おたま立てにない？　シンクの下の。柄がグレーのやつ」

言われて探してみたけど、ない。

「ない」

「おかしいなあ」と首をかしげてから、お母さんは「あ」と呟いた。「もしかしたら、ヒーターの下の収納に入ってない？　揚げ物用の鍋とかバットなんかと一緒に」

しゃがんで中を漁ると、かす揚げの目の細かい版が出てきた。

「これ？」

「そう、それ。揚げ物関連の道具を一箇所にまとめたんだけど、そのときあく取りとかす揚げを取りちがえちゃったのかも。ごめんごめん。きれいだと思うけど、いちおう洗ってから使って」

言われたとおりに洗ってから掬う。あくが、嘘みたいにごっそり取れる。おもしろい。夢中になって掬っているうちにスープの表面に浮いてた分は取り尽くしてしまって、そのうち具からあくが出てくるのを待ち構えるくらいにまでなった。さらに、鍋のふちに付いたあくもこそげ取って、スープの透明度アップに努める。さすが専用器具はちがう。

「知らなかったなあ」

ひとり言みたいな小さな声がして、おれはダイニングテーブルの方に顔を向けた。お母さんが、めずらしい猿でも見るみたいな目でこっちを見ていた。

「なに？」

「翼、こんなに集中力あったんだねえ。知らなかった」

「だから、来年はもう中学生なんだって」

見えなーい、とか、あんなにちっちゃかったのにねえ、とか、ちょっといじる感じの言葉が返ってくるかと思ったけど、お母さんは何も言わない。ああ、そうか。さっき「中学に進学はするけど通学はしないかも」みたいなこと言ってしゅんとさせちゃったんだ。

鍋に視線を戻してから、言葉を付け加える。

「あのー、制服って、そろそろ買っとかなくていいの？」

通学したい気持ちはある。勉強は好きじゃないけど学校には友達がいるし、なんだかんだで楽しいことも多い。学校が嫌になったわけじゃない。

「うーん、ママ思うんだけど、そこまで焦らなくてもいいんじゃないかな」お母さん、それ、不登校のこと？　それとも、制服のこと？「だっていまの体格に合わせて制服買ったら、着るころにはパツパツになっちゃうし」

制服のことでした。

まあ、のんきなところはこの人の長所だ。

中学校への進学は、通学を再開するいいきっかけになるのかもしれない。シンキイッテンというやつだ。ただできれば、あと半年ちょっとで卒業になる小学校にも通いたいと思う。サトケンとは同じ西中に進むけど、悠真の学区は南中だ。だから、今のうちにたくさん遊んでおきたい。

ただ、気になることがある。去年お姉ちゃんが漏らした言葉だ。

「小学校時代の友達関係なんて、中学に入るとリセットされちゃうもんだね」

たしか夏休みだったから、ちょうど一年前か。中学校に入って最初の夏休みを過ごしていたお姉ちゃんの言葉は、二年後に中学生になる予定のおれには妙に印象に残った。くわしいことは何も言わなかったけど、きっと何かあったんだろう。

悠真は本当にいい奴だ。半年も外に出ていないおれに会いに、わざわざ遠くから遊びに来てくれるんだから。でもそんないい奴も、お姉ちゃんの言うとおりなら来年の今ごろは南中の友達ばかりと遊ぶようになっているのかもしれない。

それを言ったら、サトケンとだってこれからどうなるかわからない。学校に通わない友達の存在感なんて、ほかの学校に進学した友達と同じようなもんだろう。だったら、そのうちここにも来なくなるかもしれない。

友達関係については一つ、おれにもわかっていることがある。離れていくのが嫌なら、友達が来るのをただ待つんじゃなくて、自分から友達のところに出て行けばいい。

でも、あの日おれが友達と遊びに行ってなければ、という考えから離れられない。雪が降りそうなくらい寒い日だったんだし、無理して出かけないでおとなしく家に閉じこもっていれば、もっと早く救急車を呼べたはずなんだ。

これからのこととこれまでのことを小学生なりに考えてるうちに、気持ちが暗いほうにずり落ちてきてしまった。

「ねえねえ、翼」お母さんのあっけらかんとした声に、意識が冬のマンションのエントランスから夏のキッチンに引き戻される。「そもそもの質問なんだけど、なんでカレーを作ろうって思ったの？　しかもこんな中途半端な時間に」

言われなければ忘れていたのに、言われたせいで猛烈な空腹感まで引き戻されてしまった。肩を揺すって気をまぎらせながら答える。

「なんかもう、昼は食べたのに異常に腹へっちゃって。おなかが空きすぎて悲しいくらい」

お母さんが、口元で笑いながら眉間《みけん》に皺を寄せる。器用だな。

「……始まったか」

「何が？」

「成長期。お姉ちゃんが今、食欲すごいでしょ？」

「たしかに」

こうして鍋のあくを掬っているのも、元はといえばお姉ちゃんがレトルトカレーの最後の一袋を食べちゃったからだ。あのときも、我が姉は皿にごはんをモリモリによそっていた。おれももちろんこのあと、ホカホカのごはんをモリモリによそうつもりだ。そこにできたてアツアツのカレーをドバッとかけて、ごはんも具もまとめてスプーンで掬ってはワシワシかっこむ。

想像したら、半年前の嫌なこともこれからについての不安も頭から押し出されてしまった。

もう、カレー！　カレー！　カレー！　って感じ。カレーさえ食べられるなら嫌なことなんかどうだっていいし、なんならどうにでもできる。ザ・カレーパワー！

『左ヒーターの、加熱を終了しました』

急に盛り上がりすぎた気分を、アラーム音と音声ガイドのお姉さんの落ち着いた声がいくらか冷ましてくれた。

ついにここまでやってきた。「〈3〉ルーを入れる」だ。

プラスチックトレーのフィルムを剝がすと、どら焼きサイズのルーが二つ現れた。こげ茶色をした塊から、香辛料の刺激的な匂いがキッチンに広がる。

説明書きの絵と見比べながら、おれは板チョコみたいな溝が入ったルーをポクッ、ポクッとタテヨコに割っていった。

合計八つに分かれたルーを鍋の中に沈めたら、またヒーターのボタンを押す。最終工程・「〈4〉さらに煮込む」に突入だ。弱火で一〇分。つまり、完成までラスト一〇分。

ところがここにきて、急に心配になってきた。ルーを入れてスープはカレー色に変わったけど、なんだかサラサラしたままだ。やっぱり水の分量まちがえたのかな。ここは、素直に助けを求めよう。

「ねえ、マ――」思い直して、呼び名を変える。「お母さん」

一瞬「ん?」という顔をしたお母さんはそれからすぐに、はいはい私が翼のお母さんですよ、という顔を作った。

「なあに？」

言い方がわざとらしい。いかにも「平静を装う」って感じ。でも、受け入れられたらしい。

「えーと、なんだっけ。……ああ、カレー。なんか、薄い感じなんだけど」

「ほんとに？」

ひょいと立ち上がって、カウンターを回り込んでくる。

「ほら。これ、ルー足りなくない？」

鍋の中をじっと見つめたお母さんは、すぐに顔を上げた。

「このままで大丈夫じゃない？　かき回しながら様子見てみて。だんだんとろみがついてくると思うから」

お母さんと場所を交代して、おれはまた木べらを手に取った。カレーマスターの「ルーを入れたら鍋から離れるな」という言葉を思い出しながら、鍋の底が焦げつかないようにしっかりゆっくり木べらでかき回す。

そのうち、木べらの手応えが重くなってきた。煮立つ音も、いつの間にかグツグツからコポコポに変わっている。ほんとだ。とろみがついてきた。

期待どおりの変化に満足したみたいで、お母さんがちょっと得意げな声で尋ねてきた。

「タイマー、残り何分？」

「四分」

「ちょっと、味見してみたら?」

「うん」小皿を取り出して、よそったカレーに息を吹きかける。ああ、胃袋をつつくような
スパイシーな匂い。ただどうも、得意げフェイスで横から見つめてくるお母さんが気になる。

「なに?」

「なんでもない」

肩をすくめて笑いながら、お母さんは顔を伏せた。

あらためて、小皿のカレーを口に運ぶ。


ウマーーーーーーーイ!!

香辛料の刺激とルーの熱さ、それから肉と野菜のうまみが、舌から全身に一瞬で広がって
いった。うまい。とにかくうまい。もちろんただのカレーなんだけど、いやこれは、ただの
カレーなんかじゃない。なんだこの感じ。
「すげえ……。すげえうまい」
「よかったね。マ——お母さんもなんかうれしい。翼が最後まで自力でカレー作っちゃった」
「うん、ほんとに作れちゃってしまった。でもまだ信じられないから、もう一杯だけ味見す

る」

ヒーターのタイマーが鳴るまで我慢できなくて、たったいま見た味をまた見る。やっぱり、ただごとじゃないおいしさだ。食べた分だけ逆におなかが空いてくる感じ。

「ね？　自分で作るとおいしいでしょ？」

お母さんの言葉に大きくうなずく。「大勢で食べるとおいしい」とか「外で食べるとおいしい」とかと同じで、「自分で作るとおいしい」っていうのもよく聞く、あんまり工夫のない言葉だ。でも、その感覚をいま実感できた。そうか、自分で作る料理って、こんなにおいしいのか。

「ほんとにおいしい。一人で鍋ぜんぶ食べちゃうかも」

「いやいや、二人にも残しといてあげてよ」お母さんはおかしそうに笑ってから、「んーっ」とその場で大きく伸びをした。仕事に戻る気になったらしい。「よっしゃー、行くかー」

バンザイの形で手を挙げるまではいつもと同じだったけど、今日のお母さんはそのあとがちがった。両手を前に下ろして、横からおれをハグしてきたのだ。

「ちょっ、なに⁉」

いきなりなスキンシップに声が裏返る。何年ぶりだよこんなの。

お母さんは「んふふ」と含み笑いをしながらおれの肩とか背中をガシガシ撫でて、それからやっと解放してくれた。

「お姉ちゃんと自称カレーマスターによろしく」そう告げてから、言い直す。「あ、カレーマスターじゃなくて、今は〝総料理長〟か」

「うん。といっても、いちばん働いてくれてんのは宅配ミールをあっためる電子レンジだけどね」

鍋に向き直って、突然のハグに動揺した気持ちを静めるようにカレーをゆっくりかき回す。

後ろの方で引き戸が開けられる音がして、お母さんの声が聞こえた。

「あらー。けっこう美人に撮れてる」

のんきな声につられて笑いながら、引き戸が閉められる音を聞く。

ん？　引き戸？

お母さんの仕事部屋のドアは、蝶つがいで開くタイプだ。引き戸はそのとなり、和室の入り口だ。

振り返ると同時にヒーターのアラーム音が鳴って、音声ガイドがカレーの完成を告げた。

『左ヒーターの、加熱を終了しました』

木べらを放りだすとリビングダイニングをダッシュで突っ切って、和室の引き戸を開く。

おれのお母さんは仏壇に置かれた写真立ての中にいて、あっけらかんと笑っていた。

玄関扉が外から開けられたのは、おれが二杯目のカレーをよそいに立ち上がろうとしたときのことだった。

洗面所で順番に手を洗ったお父さんとお姉ちゃんが、「ただいま」の声と一緒に真夏の熱気とたっぷりの汗をリビングダイニングに運んできた。

「おかえり」

都心の私立中から帰ってきた二人は暑さにだいぶやられた感じだけど、顔つきは明るい。三者面談で担任の先生に褒められたんだろう。

「だーっ、暑い暑い」

「ちょっと、自分の部屋に持ってってよ」

お父さんがジャケットとバッグを椅子の背もたれに掛けたのを、お姉ちゃんがキーッとなって注意する。うるさいなあ。いつもの川嶋家の光景だなあ。

「翼、これ、お土産」

ダイニングテーブルに、駅前のケーキ屋の箱が置かれる。やっぱり、三者面談でいいこと言われたんだ。

麦茶を汲みに冷蔵庫に向かったお姉ちゃんが、「ん?」と鍋の蓋を開けた。「なんかカレーがあるんだけど、お父さん朝作ってったっけ?」

「カレー? いや……」おれの顔と空の皿を見比べたお父さんはキッチンに入って、カウンターの奥から尋ねてきた。「翼、これ、どうした? ご近所さんのおすそ分け?」

「いや、あのー、お……、ぼくが作った」

「翼が？　一人で？」

「まあ、うん」

調理中にお母さんのアドバイスはいくつか受けたけど、二人には内緒だ。前に「ママが仕事部屋から出てきた」って話をして、すさまじく心配されたことがあるから。

「カレー作ったって、包丁は？」

「使ってない使ってない」あわてて振った手の指に、ばんそうこうが巻いてある。しまった。

「包丁は使ってないよ。ただ、ピーラーはちょっとだけ使った」

「それで怪我したのか⁉　見せなさい」

早足でこっちに戻ってきたお父さんに、手首を摑まれる。

「皮をちょっと切っただけだよ。痛くないし血もすぐ止まった」

「でも、刃物は刃物だろう。大怪我したらどうすんだ」

摑まれた手首が痛い。心配してくれてるのはわかるけど、当たりがきついよ。

「あのさあ」お母さんの成長期版みたいな声に、おれとお父さんの目がキッチンに吸い寄せられる。おたまで鍋をかき混ぜながら、お姉ちゃんが静かに続けた。「褒めてあげれば？　おいしそうにできてるよ」

お姉ちゃんは手のひらサイズの小鉢にカレーをよそうと、涼しい顔で和室に向かった。

聞こえてきたりんの音をきっかけに、お父さんの手から力が抜けた。

ポンとおれの肩を叩いて、総料理長がキッチンに戻る。

「ほんとにおいしそうだな、このカレー」

こっちの機嫌をうかがうようなお父さんの声は、和室から飛び出してきたお姉ちゃんの叫びにかき消された。

「うっま！　マジうっま！」

暑さ対策ですぐに下げた小鉢を、中学生が振りかざす。中身は空だ。舐め取ったか。

「なんだ、行儀《ぎょうぎ》悪い」お姉ちゃんを叱ったお父さんがしかめっ面で別の小鉢にカレーをよそったところで、その先の展開は読めた。「うっま！　マジうっま！」

わざとらしいノリ。でも、人数が四分の三に減った家の中をその分にぎやかにしようという二人の工夫は嫌いじゃない。

小鉢を置いたお父さんが提案する。

「まだ明るいけど、カレーライスで夕飯にしちゃおうか。じつは今日、午後休は取ったんだけど仕事が押して、昼食べてないんだよ」

「えー、言ってよ、そういうことなら」お姉ちゃんが口を尖らせた。「待ち合わせ時間ちょっと遅らせて、何かパッと食べてから来ればよかったじゃん」

「うちの会社の周りじゃ、パッと入って出てこれるような店は昼は行列なの。立ち食いそばもハンバーガー屋も」お父さんも口を尖らせる。「それに今日の暑さで改札の前にずっと立ってたら、穂乃佳《ほのか》ひっくり返っちゃうだろ」

「いや私だって、時間まで駅ビルの中で涼むくらいの知恵はあるよ」

ちょっとした善意がすれちがって、ちょっとした口論になってきた。

「まあまあまあ」最年少のおれが、なりゆきで村の長老みたいなポジションに立つ。「とりあえず、二人とも着替えてきたら？　汗びっちゃだよ」

我が父と姉が、お互いのワイシャツとブラウスを見て小さくうなずいた。

「そしたら、食べる前にシャワー浴びてこようかな」

お父さんの言葉に、お姉ちゃんがすばやく反応する。

「待って。私が先。先にシャワー使う」

お父さんのあとの風呂は「キモい」んだそうだ。昔はキャッキャ言いながら一緒に入ってたのに。

「はいはい。どうぞどうぞ」

お父さんが返事をしたときにはお姉ちゃんはもう廊下のドアを開けていて、着替えを取りに自分の部屋に向かうところだった。

ドアが閉められるのを見届けたところで、テーブルの上に箱があるのを思い出した。そうだ、ケーキ食べるの後回しになりそうだから冷やしておかないと。

キッチンに入って、冷蔵庫にケーキを箱ごとしまう。

あ、そうだ。福神漬が切れてるんだった。

「ねえ、お——パパ」

あー、今回も失敗。お母さんのことは「お母さん」って最後に呼べたのに。

「ん？　どうした？」

「福神漬切れてるよ」

「ありゃま」お父さんは一瞬だけがっかりした顔をしてから、あっさりとあきらめた。「まあ、なくてもいいや。べつに」

なんだったんだよあのもっともらしい格言は。

「でも、パパ大好きじゃん。『福神漬が添えられていないカレーはカレーではない』んでしょ？」

「よく覚えてるな。福神漬はあったほうがそりゃうれしいけど、外まで買いに行くのやだよ。暑くて暑くて」

「じゃあ、そのー、シャワー終わるの待つのもかったるいし、買ってくるよ、福神漬。コンビニまで。お……、おれが」

言えたー。

「翼が？　これから？」

目を白黒させる、っていうのはこういう表情のことをいうんだろう。

「うん」

今日はきっと、外に出るにはいい日だ。

「ええと、そしたら、ちょっと、ちょっと待って」お父さんはあたふたしながらお金と買い物バッグをおれに渡して、キャップを被らせて、指のばんそうこうを再チェックして、仕上げに麦茶を飲ませた。「よし、これでオッケー。夕方だけど、まだ暑いから気をつけてな。まっすぐ帰ってくるんだぞ」

両肩を叩かれた。手に、すごい圧の念がこもってる。

「わかった」ちょっとビビってきた。気が変わる前に早く行こう。「じゃあ、買ってくるね」

「うん、お願いします」

お父さんの声に送られて、廊下に出る。蒸し暑い。でも、外はもっと暑いんだろう。がんばらねば。

脱衣所の奥から、風呂のドアを乱暴に開け閉めする音が聞こえてきた。

「もーっ、またお風呂に置きっぱなし！」

あーあ。お父さん、またお姉ちゃんを怒らせた。

剃刀に懲りて買った電気シェーバーを、お父さんはしょっちゅう風呂場に置き忘れる。それが、お姉ちゃんとすればキモくてムカつくらしい。

長老は出かけちゃうから村の民同士で話し合ってねー、と無言でトラブルを丸投げしつつ、下駄箱の奥からサンダルを引っぱり出す。おお、なつかしい。

靴脱ぎ場で持ち物の最終チェックをしていると、後ろでドアが開けられた。いやお父さん、心配なのはわかるけどさ。

「いいよ、見送りなんて。大げさだよ」

「いや、見送りっていうか、ちょっと確認」とまどった感じの声に振り返ると、お父さんが柄付きの調理器具を左右の手に持っていた。「なんか、あく取りが二個あるんだけど、これうちの？　どっちかよそから借りた？」

そうか、お父さんもかす揚げをあく取りだと思い込んで使っていたのか。

玄関扉に顔を向けてたっぷりニヤついてから、もう一度後ろを振り向く。

「あー、それね。どっちもうちのだよ。目が細かいほうがほんとのあく取り。揚げ物用の鍋と一緒にしまってあった」

形がそっくりな二本を、お父さんがしげしげと見比べる。

「そうなんだ。翼、よく見つけたなあ。あく取るの大変で困ってたんだよ」

見つけた、というか置いた場所を思い出したのはお母さんだけど、二人には内緒だ。

「便利なの見つかってよかったね、総料理長」

買い物バッグを手に立ち上がったおれに向かって、お父さんがうなずく。

「まあ何はともあれ、いってらっしゃい。気をつけてな」

「うん。じゃあ、いってきます！」

玄関扉を押し開けて、おれは熱気と湿気と陽射しがにぎやかな外に出た。

本書は〈紙魚の手帖〉vol.14の特集「料理をつくる人」の書籍化です。

アンソロジー
料理をつくる人

2024年11月22日　初版

著　者　西條奈加《さいじようなか》・千早茜《ちはやあかね》・
深緑野分《ふかみどりのわき》・秋永真琴《あきながまこと》・
織守《おりがみ》きょうや・
越谷《こしがや》オサム

発行所　（株）東京創元社
代表者　渋谷健太郎

162-0814 東京都新宿区新小川町1-5
電　話　03・3268・8231-営業部
03・3268・8201-代　表
URL　https://www.tsogen.co.jp
組　版　キャップス
印　刷　晩印刷・本間製本

乱丁・落丁本は、ご面倒ですが小社までご送付ください。送料小社負担にてお取替えいたします。

ISBN978-4-488-80314-8　C0193

学園ミステリの競演、第2弾

HIGHSCHOOL DETECTIVES II◆Aosaki Yugo, Shasendo Yuki, Takeda Ayano, Tsujido Yume, Nukaga Mio

放課後探偵団 2

書き下ろし
学園ミステリ・アンソロジー

青崎有吾 斜線堂有紀
武田綾乃　辻堂ゆめ　額賀 澪

創元推理文庫

◆

〈響け！ユーフォニアム〉シリーズが話題を呼んだ武田綾乃、『楽園とは探偵の不在なり』で注目の斜線堂有紀、『あの日の交換日記』がスマッシュヒットした辻堂ゆめ、スポーツから吹奏楽まで幅広い題材の青春小説を書き続ける額賀澪、〈裏染天馬〉シリーズが好評の若き平成のエラリー・クイーンこと青崎有吾。1990年代生まれの俊英５人による書き下ろし学園ミステリ・アンソロジー。

収録作品＝武田綾乃「その爪先を彩る赤」,
斜線堂有紀「東雲高校文芸部の崩壊と殺人」,
辻堂ゆめ「黒塗り楽譜と転校生」,
額賀澪「願わくば海の底で」,
青崎有吾「あるいは紙の」